Brandheide

D1720402

Brandheide

Historische Geschichten

aus dem Vest

Ludger Pöhlker

Bibliografische Information der Deutschen Nationalbibliothek
Die Deutsche Nationalbibliothek verzeichnet diese Publikation in der
Deutschen Nationalbibliografie; detaillierte bibliografische Daten
sind im Internet über http://dnb.d-nb.de abrufbar.

© 2013 Ludger Pöhlker
Satz, Umschlaggestaltung, Herstellung und Verlag:
BoD – Books on Demand
ISBN 978-3-7322-0858-6

Inhalt

Die Weidelandschaft

»Alles fließt« heißt es bei Heraklit und so ist doch das Erstaunen darüber, wie sehr sich die Welt verändert hat sehr groß, wenn man über fast ein halbes Jahrhundert Rückschau hält. Denke ich an meine Kindheit, so steht mir immer wieder eine bestimmte Szene vor Augen.

Ich sehe eine Weidelandschaft, träge siedend in der Mittagshitze eines Frühsommertages im Jahre 1834. Ein leichter Wind streicht rauschend durch die mächtigen Eichenbäume und traurigstillen Wacholdersträucher. Die üppige und lebhafte Flora wird überzogen durch gellenden Vogelgesang mit einem ständigen Zwitschern, Pfeifen und Flöten, begleitet vom vereinzelten rauen Krächzen eines Fasans.

Auf dem frischgrünen Gras lagern etwa zweihundert rotbunte Rinder und Kühe. Einige liegen dösend und wiederkäuend im Schatten der Bäume. Die anderen grasen, mit dem Schwanz lästige Insekten vertreibend oder glotzen stur vor sich hin.

Bewacht wird die Herde von zwei jungen barfüßigen Burschen mit dunklen, knielangen Hosen, hellen Leinenhemden und breitrandigen Strohhüten. Der eine von den beiden liegt lang ausgestreckt schlafend im Gras. Seinen Strohhut hat er über das Gesicht gezogen. Wahrscheinlich hat er in der vergangenen Nacht noch zusätzlich das

Nachtwächteramt ausgeübt und holt nun den versäumten Schlaf nach.

Nicht weit davon entfernt steht eine Frau etwa mittleren Alters vor einer kleinen Staffelei und zeichnet konzentriert das vor ihr liegende Geschehen. Ihr Blick wandert immer wieder zwischen der Kuhherde und dem Zeichenpapier hin und her, während ihre rechte Hand schwungvoll und behände den Kohlestift führt. Hell leuchtet ihr langes, malvenfarbenes Kleid in der Sonne. Sie hat ihren grauen Kiepenhut tief ins Gesicht gezogen, sodass dieser einen langen, mit den Kopfbewegungen wandernden, Schatten wirft.

Neben ihr sehe ich mich als noch nicht ganz siebenjährigen Jungen, der gelangweilt und verdrossen blickend das künstlerische Schaffen seiner Mutter verfolgt. Ich sehe, wie sich der Knabe plötzlich die Mütze von seinen wirren blonden Haaren reißt und sich heftig den Kopf kratzt. Dann streicht er sich die Haare zurecht und wendet sich, während er die Mütze in der Hand behält, tief aufseufzend der nahe gelegenen Stadt Recklinghausen zu.

Die verschachtelte, zwischen rostigrot und dunkelgrau changierende, Dächersilhouette wird überragt durch den wuchtigen, zwiebelförmigen Turm der Pfarrkirche St. Peter. Weitere markante Punkte des sich darbietenden Stadtbildes sind die Engelsburg, der Kirchturm des Franziskanerklosters, die Reste des Steintors, sowie das Viehtor. Nur wenige Geräusche dringen zu dieser Zeit aus dem Häusergewirr herüber. Lediglich das helle Geschrei von spielenden Kindern und aufgeregtes Hundegebell sind zu vernehmen. Vereinzelt kräuselt dünner Rauch aus den verwitterten Schornsteinen und verflüchtigt sich still in der Atmosphäre.

Fast ein ganzes Menschenleben ist seither vergangen und von all den Dingen, die mir von damals in Erinnerung geblieben sind, ist mir diese Szene auf dem sonnenüberfluteten Weidegelände in besonders lebhafter und angenehmer Weise präsent, obwohl ich die Situation damals als kleiner Junge alles andere als erfreulich empfunden habe. Wir schreiben nun das Jahr 1883 und vieles hat sich seit meiner Kindheit in höchst dramatischer Weise verändert.

Angetrieben durch die höchst lobenswerte Tatkraft von Unternehmern, wie Dinnendahl, Hoesch, Krupp oder Mulvany hat die gesamte Region im Bereich von Ruhr und Emscher einen beispiellosen Aufschwung erlebt. Dörfer sind zu großen Städten angewachsen. Auf der Ruhr befördern Dampfschiffe ihre schweren Lasten, Eisenbahnen durchqueren stampfend und rauchend das Land. Seit 1870 verfügt auch Recklinghausen über einen eigenen Bahnhof. Überall entstehen neue Arbeitersiedlungen, deren Bewohner nicht selten von weither, teilweise sogar aus dem Ausland, vorwiegend aus Polen, stammen.

Seit es im Jahre 1832 Franz Haniel gelang mit Hilfe einer Dampfmaschine die Mergeldecke zu durchbrechen, ist die Förderung hochwertiger Kohle in inzwischen hunderten von Zechen möglich geworden.

Stahl ist das Element der neuen Zeit. Stahl trägt, Stahl festigt, Stahl führt, Stahl schafft neue, bisher nicht für möglich gehaltene, Leistungen. Doch das Geheimnis seiner Herstellung, das sich zu Anfang des Jahrhunderts noch in englischem Besitz befand, war für die jungen westfälischen Unternehmer nur schwer zu lüften. Alfred Krupp versuchte unter einem falschen Namen in England das lukrative Verfahren zu erkunden, war aber damit nur wenig erfolgreich. Nach seiner Rückkehr soll er sich angeblich sofort aus Enttäuschung zu Bett begeben haben, um es eine Woche lang nicht zu verlassen. Eduard Hoesch wurde bei seiner Spionage von englischen Fabrikarbeitern entdeckt und musste in einen Hochofen fliehen, um nicht gelyncht zu werden. Er ist, Gott sei Dank, unversehrt geblieben. .

Diese Revolution geht einher mit zahlreichen bahnbrechenden Erfindungen. So kann man inzwischen dank des Telefons mit weit entfernten Menschen direkt sprechen. Ganze Städte können mit Glühbirnen erleuchtet werden und wundersamer weise gibt es sogar Bilder, die sich bewegen. Gerade in diesem Jahr hat ein gewisser Herr Daimler einen Benzinmotor zum Patent angemeldet, was einen guten Freund von mir zu der Bemerkung veranlasst hat, »Der Gute hat jetzt nicht nur einen Zylinder, er fährt jetzt auch mit einem.«

Daneben gibt es aber auch unzählige Spinnereien, wie die ständigen tollkühnen aber vergeblichen Versuche, das Fliegen zu beherrschen. Immer wieder stürzen sich verrückte Hasardeure mit selbstkonstruierten Apparaten, von denen sie annehmen, dass man sich mit ihnen wie ein Vogel in luftige Höhen schwingen kann, von irgendwelchen Abhängen herab, nur um sich bei diesen unsinnigen Versuchen den Hals zu brechen.

Nicht weniger lächerlich erscheint mir das kindische Gehabe einiger junger Männer zu sein, die auf Wiesen in merkwürdig luftiger Bekleidung einem Ball hinterher rennen und sich dabei allenfalls üble Blessuren zuziehen. Dieses Getue, auch als »Englische Krankheit« verrufen, bezeichnen sie in überheblicher Verklärtheit auch noch als Sport.

Aber verzeihen Sie. In meinem Eifer bin ich ein wenig von meinem eigentlichen Vorhaben abgekommen, von Menschen zu erzählen, denen ich im Laufe meines Lebens begegnet bin und von Ereignissen zu berichten, deren

Zeuge ich wurde oder, die mir zu Ohren gekommen sind und so, denke ich, wird es nun Zeit die vor mir liegenden Papierbögen zu füllen und mit meinen Erinnerungen zu beginnen.

Herkunft

Meine Mutter war eine begnadete Zeichnerin. Immer wenn sie ihre Porträts, Landschaften und Szenen des täglichen Lebens den verschiedensten Gästen in unserer kleinen, behaglichen Wohnstube präsentierte, wurden ihre künstlerischen Fähigkeiten in den höchsten Tönen gelobt und mit zahlreichen Ausrufen des Entzückens bedacht. Diese große Anerkennung schien sie jedes Mal sichtlich in Verlegenheit zu bringen, aber ich konnte mich des Eindrucks nicht erwehren, dass sie das allgemeine Lob auch sehr genoss und dass gerade dieses der Anlass für viele Einladungen war.

Einmal fand sogar eine Ausstellung ihrer Werke im Pastorat an der Herrenstraße statt, die Pastor Grossfeld persönlich organisiert hatte und die von den meisten Mitgliedern unserer Gemeinde nach dem Hochamt besucht wurde. Auch der alte Fritz Hesterkamp, unser Tischlermeister, der fast vollständig erblindet war und als ewiger Nörgler vor dem Herren weithin bekannt war, beehrte die Ausstellung mit seiner Anwesenheit, wobei er so nahe an die Bilder herantrat, dass er mit seiner Nase fast gegen sie stieß und nach einiger Zeit dann fast immer, unverständliches Zeug murmelnd, doch anerkennend nickte.

Mit der Zeit wurde der Platz für die Bilder immer knapper, im Wohnzimmer war wirklich alles von oben bis unten zugehängt, sodass einige der Kunstwerke auf den

Dachboden geschafft werden mussten, wo sie leider völlig verstaubten.

Oft wurde meine Mutter gefragt, warum sie keine Farben verwendete, aber sie lehnte die Anwendung von Farben mit der Begründung ab, es käme ihr darauf an, die Darstellung auf das Wesentliche zu reduzieren. Ob das nun wirklich so war, oder ob ihr die Beschaffung der entsprechenden Utensilien zu teuer oder zu aufwändig war sei dahingestellt.

Meine Mutter, ihr vollständiger Name lautete übrigens Gerlinde Marsten, geborene Willschrei, versuchte auch mich ständig für das Zeichnen zu begeistern, aber meine recht kläglichen Versuche, es ihr gleich zu tun, fanden wohl nicht wirklich ihr Gefallen. Sie ließ es sich zwar nicht anmerken, aber ich glaube ich habe sie da ziemlich enttäuscht, obwohl sie immer sehr nachsichtig mit mir war. »Du wirst deinen Weg schon finden,« lautete ihr aufmunternder Kommentar und ihr volles rundes Gesicht, das von zahlreichen Sommersprossen überzogen war, strahlte dabei so viel Zuversicht aus, dass ich ohne weiteres geneigt war, ihren Worten Glauben zu schenken.

Da ich keine Geschwister hatte, war sie auch in meiner frühen Kindheit oft eine Spielgefährtin für mich. Ein besonders häufiger Zeitvertreib war ein Spiel, bei dem ich die Rolle des Postillions übernahm. Zwei hintereinander aufgestellte Stühle stellten die Kutsche dar. Meine erste Aufgabe bestand in der gewissenhaften Kontrolle der Billets. Anschließend reisten wir dann zu allen nur denkbaren Zielen. Wir durchquerten finstere Wälder überwanden hohe Berge und machten Station in zahllosen Dörfern und Städten.

An meinen Vater habe ich leider keine eigenen Erinnerungen mehr, denn er starb kurz nach meiner Geburt. Auf den Porträts meiner Mutter ist er als fröhlicher, entgegenkommender Zeitgenosse dargestellt, der nach allgemeinen Bekundungen sehr beliebt war. Sein Tod war völlig unerwartet gekommen. Den Schilderungen meiner Mutter zufolge hatte er sich eines Nachts schlaflos lange Zeit im Bett herumgewälzt. Schließlich hatte er wortlos das Bett verlassen. Als er nach einiger Zeit nicht zurückgekehrt war, hatte sie sich auf die Suche nach ihrem Ehemann begeben und ihn schließlich leblos liegend auf der Diele gefunden. Nach allgemeiner Darstellung in Nachbarschftskreisen soll die Beerdigung sehr schön gewesen sein, obwohl mir nicht so recht in den Sinn kommen will, was an Beerdigungen schön sein soll.

Der Name meines Vaters lautete Friedrich Marsten. Er hatte bei der Generaldomäneninspektion in der Engelsburg einen bedeutenden Posten inne. Wie mir mal jemand erklärt hat, werden Verwaltungen durch eine klare Hierarchie geprägt. An unterster Stelle stehen diejenigen die lediglich arbeiten. An nächster Stelle befinden sich diejenigen, die zwar auch arbeiten aber schon ein wenig Verantwortung tragen und so setzt sich dieses Ebene für Ebene fort. Was nun meinen Vater betraf, so brauchte er sich sicherlich nicht über einen Mangel an Verantwortung zu beklagen, was seinen Anteil an Arbeit betraf, so vermag ich darüber nur zu spekulieren.

Zu den Bewohnern unseres Hauses gehörte auch noch Franziska, die Schwester meines Vaters, aber niemand nannte sie so, sondern sie war für alle nur Tante Ziska. Sie erledigte fast die gesamte Haus- und Gartenarbeit. Ihr auffallendstes Merkmal war ihre große, spitze Nase, welche ihrem Gesicht eine ausgeprägte Strenge verlieh. Mein ständiges Bemühen war darauf ausgerichtet, ihr nur ja nicht in die Quere zu kommen, denn ihre Zornesausbrüche waren wirklich fürchterlich. Manchmal wünschte ich sie heimlich in das alte Jungfernkloster. Es reichte schon, wenn sie mich beim Lesen eines Buches erwischte. So etwas galt als nutzlose Zeitverschwendung. Ich zog mich deswegen immer zum Lesen auf den Dachboden zurück. Dort gab es einen verborgenen Winkel, wo ich leicht eine Dachpfanne zurück schieben konnte und somit gleichzeitig genügend Licht und einen ausgezeichneten Überblick über die nähere Umgebung hatte.

Auf keinen Fall darf ich es vergessen, Franz zu erwähnen, der sich um die Stall- und Feldarbeit kümmerte. Er war ein ausgesprochen wortkarger Mensch, aber ich habe die Erfahrung gemacht, dass diese Eigenschaft vor allem bei Personen anzutreffen ist, die wirklich hart und ausdauernd arbeiten müssen. Seine Äußerungen beschränkten sich meist auf eine schroffe Bemerkung wie: »Dumm Tüch (Zeug) !« oder »De sall man bloß sien Muhl (Maul) hollen (halten)!« Als einmal Heinrich Wicking, ein Tuchhändler aus unserer Nachbarschaft erzählte, dass ihm ein Engel erschienen sei, versetzte dieses alle, die davon erfuhren in helle Aufregung. Franz meinte dazu nur kurz und trocken: »De was doch bloß besuopen (besoffen).« In einer Ecke neben dem Herdfeuer auf der Diele hatte er sich eine Werkbank eingerichtet, wo er an Wintertagen sägte, schnitzte, drechselte, Weidenkörbe flocht oder Zaumzeug reparierte. Oft saß ich auf meinem Schaukelpferd neben dem wärmenden Feuer und schaute ihm dabei zu. Nicht weit von mir entfernt lag Turk unser zotteliger Hund, den Kopf auf die Vorderpfoten gelegt und verfolgte aufmerksam das Geschehen. Die Kühe lagen dösend in ihrem Stall und Elise unser Rappe fraß aus seinem Futtertrog. Manchmal kam auch ein Nachbar durch die tagsüber immer geöffnete

Dielentür auf ein Schwätzchen herein. In diesen Momenten habe ich mich immer so wohl gefühlt, wie selten danach.

Es war der 18. Oktober 1827, ein strahlender Herbsttag, an dem mein irdisches Dasein zu frühmorgendlicher Stunde seinen Anfang nahm. Meine Mutter hatte noch gerade die Kühe gemolken, als sich meine Ankunft nicht mehr aufschieben ließ. Es war nicht mal mehr genügend Zeit, um Isolde Winter, die Hebamme, zu verständigen, sodass Tante Ziska die notwendige Hilfestellung leisten musste, was sie auch zu ihrem großen Erstaunen, wie sie immer wieder beteuerte, sehr gut bewältigte. Im Andenken an meinen bereits verstorbenen Großvater wurde ich auf den Namen Gustav getauft.

Unser Haus lag an der Breiten Straße gegnüber Auf der Geldstraße und nicht weit entfernt vom Marktplatz in Recklinghausen. Auf der Rückseite befand sich ein großer Garten, dessen Beete durch kerzengerade Buchsbaumreihen umgrenzt waren. Hier gab es nicht nur verschiedene Sorten Gemüse, sondern auch Kräuter, wie Gartensalbei, Mutterkraut, Thymian, Majoran und Rosmarin, deren jeweiliger praktischer Nutzen mir allerdings eher verborgen blieb. Außerdem spendeten zwei Apfelbäume und ein Birnbaum im Sommer ein wenig Schatten.

Ein regelmäßig wiederkehrendes Ereignis war das Kränzchen, zu dem sich die Frauen aus der Nachbarschaft Sonntags Nachmittags zwischen Andacht und Abendmesse trafen.

Wir Kinder nutzten diese Zeit für eigene Unternehmungen. Ein Spielgefährte der frühen Kindheit war Jan Brinkmann. Er war wirklich einer der respektlosesten Menschen, die ich je kennen gelernt habe. Eine Begebenheit in dieser Hinsicht ist mir noch gut in Erinnerung geblieben. Ich weiß nicht mehr bei welchem Anlass es war, jedenfalls trug Jan einen Rosenkranz mit einem Kreuz in seinen Händen. Dieser wurde allerdings nicht gehalten, wie es üblich war, sondern Jan ließ das Kreuz mit der Christusfigur ständig rotieren. Er gönnte dem Gekreuzigten nur wenige Ruhepausen und jedesmal, wenn er das Kreisen erneut startete, sagte er laut und vernehmlich. »Lieber Heiland, holl Di fast, et cheit (geht) wier rund.« Und schon setzte sich das Kreuz wieder in Bewegung. Jan kannte da wirklich kein Erbarmen.

In späteren Jahren als Erwachsener brachte ihn seine Unerschrockenheit wiederholt in Gefahr, denn die Obrigkeit duldet nun mal keine Missachtung ihrer Autorität, aber ich denke, es wird sich noch eine Gelegenheit ergeben, um darauf später einzugehen.

Der Grieche

(Diese Geschichte hat sich etwa um 1810 zugetragen)

In der Nacht war der erste Schnee gefallen. Ein eisiger, stetiger Ostwind trieb dunkel graue Wolkenfetzen vor sich her, wirbelte vereinzelte kleine Schneeflocken durch die engen Gassen der Stadt und rüttelte an den in der Morgendämmerung noch verschlossenen Fensterläden. Von den Dächern tropfte Schmelzwasser herab, vermischte sich mit dem Unrat auf den Bürgersteigen und strömte geräuschvoll die hölzernen Rinnen der Straßen hinab.

Auf dem Marktplatz herrschte dichtes Gedränge. Die Markthändler bauten geschäftig ihre Stände auf. Pferde scharrten unruhig mit den Hufen, während ihre Herren die langen Tische mit Obst, Gemüse und anderen, noch leidlich frischen, Lebensmitteln füllten.

In der Mitte des Platzes ging Polizeidiener Adolf Meykamp mit kurzen Schritten auf und ab und verfolgte missmutig das emsige Treiben. Frierend zog er seine Jacke enger um sich. Verärgert bemerkte er, dass seine Nase triefte. Er beugte sich kurz vor und streifte den Rotz schwungvoll mit Daumen und Zeigefinger ab. Das wird sicher ein harter Winter, wenn es jetzt im November schon schneit, dachte er verdrossen.

Mit einem lauten Krachen stürzte ein Korb von einem Stand herab und Kartoffeln rollten durch den schmutzig, matschigen Schnee. Hastig begannen zwei in dicke Wollsachen gekleidete Frauen sie wieder aufzusammeln. In der Nähe des Standes erblickte Adolf Meykamp den Gildenmeister Anton Markert, der in einem langen Wollmantel mit Pelzbesatz zielstrebig auf ihn zusteuerte. Bereits in einigen Metern Entfernung erklang die tiefe Stimme des ehrfurchtgebietenden Würdenträgers.

»Adolf, du ollen Undocht (Nichtsnutz)! Natürlich hat er mal wieder keine Ahnung von gewissen Vorkommnissen, um die er sich eigentlich kümmern sollte.«

Adolf erschrak. Was war ihm denn da schon wieder entgangen? Anton Markert wachte nicht nur misstrauisch über die Einhaltung der Zunftordnung, sondern er führte sich oft noch wie ein Brüchtenmeister auf, der für die Ahndung von Vergehen, wie nächtliche Ruhestörung oder Schlägereien zuständig war.

Inzwischen war der Gildenmeister vor Adolf angekommen und er begann nun, ein wenig von oben auf den Polizeidiener herab blickend, mit der Erklärung dessen, was er in seiner ersten Anrede angedeutet hatte.

»Heute früh ist Bernd Füchter zu mir gekommen, der ja, wie wie du weißt oft bei Franz Wöstmann aushilft. Dort hat nämlich gestern, spät am Abend ein fremder Mann Logis bezogen. Wahrscheinlich handelt es sich um einen Ausländer. Ich möchte wissen, warum dieser Mann nach Recklinghausen gekommen ist und welche Absichten er hier verfolgt. Hast du mich verstanden?«

Adolf nickte geflissentlich.

»Wenn du das festgestellt hast, möchte ich,« und bei diesen Worten deutete der Gildenmeister mit dem Finger auf

Adolf, »dass du unverzüglich zu mir kommst, um mir Bericht zu erstatten. Ist das klar ?«

»Jawohl,« antwortete Adolf mit fester Stimme, ohne allerdings einen gewissen ironischen Unterton unterdrücken zu können. Der Gildenmeister blickte den Polizeidiener kurz misstrauisch an und mit einem angedeuteten Winken der rechten Hand, das anscheinend als Abschiedsgruß gedacht war, wandte er sich ab und stapfte mit energischen Schritten durch den Schnee auf das Rathaus zu.

Adolf schaute ihm nach mit dem heimlichen Wunsch, dem Meister am liebsten einen Tritt in den Allerwertesten zu verpassen. Er hatte wirklich kein Verlangen danach für diesen aufgeblasenen Wichtigtuer ständig den Laufburschen zu spielen.

Nachdem er sich noch einmal auf dem Markt umgesehen hatte und sicher war, momentan nicht gebraucht zu werden, machte er sich auf den Weg zu Franz Wöstmann, um genauere Erkundigungen über den Fremden einzuholen.

Das Haus, welches er aufsuchte, befand sich am Holzmarkt. Es verfügte über ein verbreitertes Obergeschoss, mit viel Raum für zusätzliche Zimmer, die Durchreisenden oder auch einzelnen Tagelöhnern ein angenehmes Quartier boten.

Adolf schob die große Dielentür behutsam auf und schaute sich in dem großen Raum um. Innen herrschte fast völlige Dunkelheit und eine dumpf, muffige Luft vermischt mit beißendem Rauch von einem Herdfeuer an der gegenüberliegenden Seite empfing den Polizeidiener. Auf der rechten Seite lagen drei wiederkäuende Kühe in ihrem mit Stroh gestreuten Stall und in den Ställen gegenüber erblickte Adolf zwei Pferde, die aus steinernen Futtertrögen fraßen. Davor stand eine einspännige Kutsche, die anscheinend dem Fremden gehörte. Durch eine Tür links neben dem Herdfeuer erschien Franz Wöstmann, stutzte kurz, ging dann mit schlurfenden Schritten auf Adolf zu, stellte sich breitbeinig vor der Kutsche auf, streckte seinen beachtlichen Bauch vor und wippte vor und zurück, während er die Daumen hinter seinen Hosenträgern verhakte.

»Tja, Adolf,« meinte er gedehnt. »Doamet is he kuommen. Es ick denn Kiärl sein häv, do häv ick sofort dacht, wat is dat denn förn Apenköster? De küet (spricht) ja so komischk, un chas bruhn int Chesicht un dat um düsse Jaortied. Nee, nee. De was mi doch so char nich chehüer (geheuer). Ach kumm,« mit einer einladenden Handbewegung deutete Wöstmann auf den langen Tisch vor dem Kamin. »Sett di henn. Et chift auk nen kleenen.«

Das war so eine Art stillschweigende Übereinkunft zwischen den beiden. Immer wenn eine dienstliche Angelegenheit Adolf zu Franz Wöstmann führte, kredenzte ihm dieser einen vorzüglichen Branntwein auf mit der unausgesprochenen Erwartung, dass Adolf gelegentlich bei kleineren Verfehlungen ein Auge zudrückte und keine Meldung erstattete. Adolf setzte sich an den alten Tisch vor dem prasselnden Herdfeuer, lehnte sich zurück und genoss die wohlige Behaglichkeit des Raumes.

Drei Glas Branntwein später befand er sich in bester Laune auf dem Weg zum Schreibzimmer im Rathaus. Franz Wöstmann hatte ihm eine ausführliche Beschreibung des Neuankömmlings gegeben und Adolf hoffte nun diesen anhand eines Steckbriefes identifizieren zu können. Der Fremde hatte sich als Ioannidis Charisteas aus Athen ausgegeben und behauptet, er befände sich auf einer Mission, um Spenden zu sammeln für seine Familie, die von den Türken gefangen gehalten werde. Er benötige ein umfangreiches Lösegeld, mit dem er seine Familie aus den Händen der Osmanen freikaufen könne. Dies hatte er durch seinen Kutscher, der als Dolmetscher fungierte, kundgetan.

Die Kirchturmuhr von St. Peter schlug gerade 11 Uhr, als Adolf die zugige, ungeheizte Schreibstube des Rathauses betrat. An einem Pult bemerkte er den Stadtsekretär Friedrich Bollmann, der sich anscheinend gerade intensiv mit einer Abrechnung für einen Gemeindeauftrag befasste und die aufgeführten Geldforderungen für die erbrachten Leistungen überprüfte.

Ohne zu grüßen ging Adolf direkt zu dem großen, dunkelbraunen Schreibsekretär an der Wand, weil er die vorhandenen Steckbriefe in einer bestimmten Schublade vermutete. Dabei ergab sich allerdings eine kleine Schwierigkeit. Wer immer dieses hässliche Möbelstück vor langer Zeit zurecht gezimmert hatte, war beim Maßnehmen nicht allzu genau vorgegangen. Vielleicht war es auch die ungünstige Witterung, jedenfalls ließen sich die Schubladen nur mit größter Kraftanstrengung öffnen, um ihren Inhalt in Augenschein nehmen zu können.

Adolf ergriff die beiden hölzernen Knöpfe der rechten von zwei großen Schubladen, die sich etwa in Bauchhöhe befanden und begann abwechselnd zu ziehen. Nur mit diesen ruckelnden Bewegungen ließ sich die Lade Stück für Stück öffnen. Nach einigen Minuten musste er erschöpft und ein wenig atemlos eine kleine Pause einlegen. Außerdem verspürte er einen leichten Krampf im linken Zeigefinger. Schließlich setzte er schnaufend und leise fluchend seine Bemühungen weiter fort, während seine Wut auf dieses sperrige Objekt ständig zunahm. Nach scheinbar unzähligen Versuchen bot sich ihm endlich der Inhalt der Schublade dar.

Adolf erblickte einige alte Protokolle von Sitzungen des Stadtrates, welche der Stadtschreiber angefertigt hatte, Listen von Viehzählungen, und einige Redevorlagen für den Bürgermeister. Dann fiel sein Auge auf mehrere teilweise schon vergilbte Steckbriefe. Schnell begann er sie zu überfliegen. Es handelte sich um die Suche nach verschiedenen Wegelagerern, Dieben, die gewerbsmäßig von Ort zu Ort zogen und Betrügern, ja sogar nach flüchtigen Mördern wurde auf diese Art gefahndet. Einige der Steckbriefe waren aber bereits so alt, dass die Gesuchten kaum noch unter den Lebenden weilen konnten.

Schließlich entdeckte er doch noch das gesuchte Dokument, dessen Täterbeschreibung auf den verdächtigen Griechen zutraf. Das Schriftstück war etwa 2 Jahre alt und befand sich seit langem nicht mehr im Aushang. Es bekundete zwar, dass die persönlichen Angaben des Griechen der Wahrheit entsprachen, aber es bewies, dass die Absicht Geld einzusammeln einzig und allein einem betrügerischen Zweck diente.

Mit einem Seufzer der Erleichterung faltete Adolf den Steckbrief zusammen, stellte sich dann vor der Schublade auf, hob den rechten Fuß auf die passende Höhe und versetzte dem Objekt seines Ärgers einen gezielten, kräftigen Tritt, der allerdings ausreichte, um die Lade mit einem lauten Krachen zu verschließen. Bei dem dadurch verursachten Lärm zuckte der immer noch mit der Abrechnung beschäftigte Stadtsekretär zusammen, blickte, sich umwendend, Adolf vorwurfsvoll an und schüttelte missbilligend den Kopf. Adolf grinste kurz verlegen zurück, strich dann mit der Hand besänftigend über das alte Möbelstück, mit der Bemerkung: »Sehr solide, wirklich sehr solide,« und verließ dann fluchtartig das Schreibzimmer, um dem Gildenmeister Bericht zu erstatten.

Der Gildenvorstand war ein angesehener Schneidermeister, der ständig mehrere Gesellen beschäftigte. Sein Haus befand sich an der Geldstraße, ein solides Gebäude, das sowohl die Werkstatt, wie auch eine große Diele und den Wohnbereich umfasste.

Als Adolf die Werkstatt betrat, wies der Hausherr gerade einen der fünf anwesenden Gesellen mit scharfen Worten zurecht. Der Gemaßregelte stand, blass und die Schultern nach vorne gezogen, vor einem langen Tisch auf dem ein teilweise formgerecht zugeschnittenes Stück Tuch lag. Franz Markert schimpfte, dass er keinerlei Verschwendung des teuren Materials dulden werde und jammerte, dass die Preise für die edlen Rohstoffe kaum noch erschwinglich seien. Die anderen Gesellen hantierten, tief gebeugt auf einem anderen Tisch sitzend, eifrig mit Nadel und Faden, wobei sie aber immer wieder scheue Blicke auf den strengen Meister warfen.

Adolf räusperte sich vernehmlich und erst jetzt bemerkte ihn der Hausherr und schickte die Gesellen fort, denn es ging bereits auf Mittag zu und der Geruch von Linsensuppe durchzog das Haus.

Franz Markert zeigte sich sehr zufrieden nachdem Adolf seine Ausführungen beendet hatte, kniff die Augen zu schmalen Schlitzen zusammen und legte die rechte Hand an sein Kinn.

»Wir müssen diesen Halunken fassen,« sinnierte er laut vor sich hin. »Aber dazu müssen wir wissen wo er steckt. Er könnte überall sein. Nein, ich glaube es ist zwecklos, ihn zu suchen. Wir haben nicht genug Leute, um das durchzuführen.« Ein Leuchten ging über sein Gesicht und er rieb sich die Hände. »Die Kutsche! Das ist es. Ohne die Kutsche kann er nicht mehr fort. Also werden wir uns dort auf die Lauer legen und sobald er dort auftaucht, werden wir ihn festnehmen.«

Adolf blickt den Gildenmeister ein wenig irritiert an. Warum sprach der Meister denn ständig von ihnen beiden, obwohl er doch offensichtlich nur Adolf meinte? Franz Markert würde sich doch nie dazu herablassen, einen einfachen Betrüger persönlich zu verhaften. Das war zweifellos unter seiner Würde. Also nickte Adolf kurz und meinte schlicht. »Ja genau! Ihr habt vollkommen recht. Ich werde mich unverzüglich auf den Weg machen.«

Damit wandte er sich ab und ging auf die Tür zu. Kurz bevor er sie öffnen konnte, erreichte ihn die Stimme des Gildenmeisters.

»Es könnte sein, dass der Grieche Widerstand leistet. Es ist besser, wenn du bewaffnet bist«

Adolf verdrehte die Augen nach oben, war dem Meister aber durchaus dankbar für den fürsorglichen Rat. Damit bot sich ihm nämlich die Gelegenheit, bei sich zuhause vorbei zu schauen und seine Frau vor den Machenschaften des Fremden zu warnen.

Wie sich bei seiner Ankunft zeigte, hatte sich der Grieche bisher in der Nachbarschaft nicht blicken lassen. Adolf schnallte seinen Degen um, nahm seine Frau liebevoll in den Arm, als er ihr besorgtes Gesicht sah, beruhigte sie mit einigen Worten und machte sich dann auf den Weg zu dem Anwesen von Franz Wöstmann.

Dieser ließ sich aber nirgendwo blicken, als Adolf die Diele betrat. Die Kühe schliefen, ebenso die Pferde und das Herdfeuer glomm still vor sich hin. Nichts regte sich und kein Laut drang an sein Ohr. Diese allgemeine Leblosigkeit wirkte beunruhigend auf Adolf. Langsam mit der Hand am Degen bewegte er sich im Halbkreis über den Steinfußboden und inspizierte alles Sichtbare. Nichts erregte seinen besonderen Verdacht. Alles schien sich ordnungsgemäß an seinem Platz zu befinden.

Ein wenig erleichtert wandte er sich der Kutsche zu und nahm sie in Augenschein. Vielleicht ließ sich ja die Zeit bis zum Auftauchen des Griechen nutzen, indem er das Gefährt auf weitere Hinweise auf die Schuld des Fremden durchsuchte. Von außen war nichts auffälliges zu sehen. Das Fahrzeug wies keinerlei Besonderheiten auf. Adolf öffnete die linke Tür und stieg hinein. Die Kutsche war mit zwei Sitzbänken ausgestattet, die gepolstert und mit Leder überzogen waren. Hinten rechts befand sich eine deutliche Vertiefung in der Polsterung, welche darauf hindeutete, dass der Verdächtige weit gereist war und die Fahrt wohl ohne Gesellschft verbracht hatte. Adolf prüfte, ob sich die Polster anheben ließen und somit darunter verborgene Hohlräume verbargen, doch er hatte keinen Erfolg.

Daraufhin verlagerte er seine Suche nach unten. Der Boden war mit einem buntgewebten Teppich überzogen, der für ein wenig Behaglichkeit in dem Fahrzeug sorgte. Ohne große Mühe ließ er sich aber teilweise aufrollen. Zum Vorschein kamen die Umrisse einer hölzernen Klappe, die sich durch Nachfassen mit dem Degen nur unschwer öffnen ließ. Darunter befand sich eine kastenförmige Vertiefung, die vollkommen mit Stroh gefüllt war. Adolf begann mit dem Degen in dem Stroh herumzustochern, bis er auf einen weichen Gegenstand stieß. Er räumte das Stroh zur Seite und förderte einen schweren Stoffbeutel zutage, der mit einer Kordel verschlossen war. Er durchtrennte die Kordel mit seinem Degen und griff mit der Hand in den Beutel. Deutlich fühlte er eine Anzahl verschiedenartigster Münzen. Das mussten die Spendengelder sein, die der Gauner bisher hinterlistigerweise gesammelt hatte.

Plötzlich spürte Adolf eine Bewegung an der Dielentür. Er fuhr herum und konnte nur noch kurz einen flüchtigen Schatten durch das Kutschenfenster wahrnehmen. Das musste der Grieche sein ! Jeder andere hätte sich zu erkennen gegeben. Adolf spürte, wie sein Herz zu rasen begann. So hatte er sich die Verhaftung nicht vorgestellt. War der Eindringling bewaffnet ? Adolf spähte durch das Fenster, aber nichts war von dem unliebsamen Gast zu sehen. Dass er nicht einfach in der Kutsche hocken bleiben konnte, dessen war sich Adolf durchaus bewusst.

Leise öffnete er die rechte Tür und schlüpfte hinaus. Dann bewegte er sich zunächst vorsichtig Richtung Dielentür, um dem Griechen den Rückweg abzuschneiden. Irgendwo auf der Diele musste sich dieser verborgen halten. Zunächst richtete Adolf sein Augenmerk auf die schlafenden Kühe aber weil dort keine Unruhe entstanden war, drohte von dort wohl keine Gefahr.

Vorsichtig ging Adolf auf das Herdfeuer zu. Plötzlich sah er eine menschliche Silhouette, die auf das Kaminfeuer zueilte, einen dort liegenden, an der Spitze noch glühenden Schürhaken ergriff und drohend auf ihn zukam. Adolf konnte nun erkennen, dass sein Gegner deutlich kleiner war als er selber. Ansonsten entsprach sein Aussehen aber durchaus der Beschreibung auf dem Steckbrief, eine gepflegte, scheinbar völlig harmlose Erscheinung und keineswegs so dunkel, wie ihn der Wirt beschrieben hatte. So hatte er sicherlich leicht viele Menschen hinters Licht führen können. Aber hinter dieser Fassade spürte Adolf deutlich, dass sein Gegenüber zum äußersten entschlossen war und eine große Gefahr von ihm ausging..

Adolf stellte sich zwischen Angreifer und Kutsche und brachte seinen Degen in abwehrbereite Position, weil er sich sicher war, dass der Grieche seinen Schatz wieder an sich bringen wollte. Langsam näherte sich der betrügerische Fremde und streckte seine Waffe drohend nach vorne.

Ffffffff..t

Mit einer kurzen, schnellen Ausholbewegung hatte der Grieche den Schürhaken an Adolfs Gesicht vorbei geschwungen. Adolf spürte die Hitze des gefährlichen Instruments. Diese Aktion versetzte ihn in Rage.

»Du blöder Hund...!« herrschte er den Griechen an, doch dann wurde ihm bewusst, dass dieser ihn gar nicht verstehen konnte.

Hinter seinem Gegner wurde plötzlich eine weitere Gestalt sichtbar. Hoch über dem Kopf hielt sie einen großen Kochtopf und ließ diesen mit großer Wucht auf den Kopf des Griechen niedersausen. Der in diesem Moment Bedauernswerte brach sofort ohnmächtig zusammen. Franz Wöstmann war doch noch rechtzeitig zur Stelle gewesen.

Man hatte sich im Ratssaal versammelt. Bürgermeister Wulff, Anton Markert, Stadtsekretär Friedrich Bollmann, Adolf und einige gerade abkömmliche Mitglieder des Rates versuchten den Griechen zu vernehmen. Dieses erwies sich als undurchführbar, da der Kutscher, der die zahlreichen Fragen hätte übersetzen können, völlig unauffindbar war. So beratschlagte man, was denn mit dem Griechen und dem Geld zu geschehen habe.

Schließlich verfügte Bürgermeister Wulff, den Griechen vorläufig im Quadenturm gefangen zu halten und die ganze Angelegenheit an den Landesherren, den Herzog von Arenberg, zu übergeben.

Stadtsekretär Bollmann, der als ehemaliger Rentmeister für die finanziellen Angelegenheiten der Stadt zuständig war erhob zwar Ansprüche auf das Geld mit der Begründung, die wichtige Brücke über die Emscher sei mal wieder sehr baufällig. Diesem Ansinnen wurde aber nicht stattgegeben. Lediglich die Barschaft, die der Grieche bei sich getragen hatte wurde für karitative Zwecke veranschlagt.

Die Verfügung über den Griechen wurde aber bereits nach kurzer Zeit hinfällig, da es diesem nach zwei Tagen gelang aus seinem Gefängnis zu entfliehen. Er wurde seither in dieser Gegend nie wieder gesehen.

Schule

Bei einer Familienfeier, ich glaube es war zu meiner Erst-
kommunion, fragte mich meine Tante Adelheid, die mit
dem Betreiber einer Brauerei in Dortmund verheiratet war,
was ich denn zu werden gedächte, wenn ich erwachsen sei.
Nun sieht man sich in jungen Jahren dieser eher unange-
nehmen Frage des öfteren ausgesetzt und ich hatte mich
deshalb für solch einen Anlass etwas besonderes ersonnen,
um so, wie ich naiver Weise glaubte, der allgemeinen Anerkennung sicher zu sein. Ich richtete mich also stolz auf und
verkündete der versammelten Verwandschaft mit lauten
Worten: »Ich möchte ein Bonvivant werden.«

Im nächsten Augenblick brach ein allgemeiner nicht enden wollender Sturm der Heiterkeit über mich herein, begleitet von Kopfschütteln und diversen spöttischen Bemerkungen. Tief beleidigt zog ich mich damals zurück und es
dauerte lange Zeit, bis auch ich über meinen kleinen Auftritt
zumindest ein wenig schmunzeln konnte. So enden gelegentlich Versuche, sich besonders hervorzutun mit dem Ergebnis, dass man sich der Lächerlichkeit preisgibt und man
muss zerknirscht feststellen, dass die eigenen Ansprüche mit
der Wirklichkeit nicht standhalten. Besonders viele Gele-
genheiten sich zu blamieren bieten sich einem in der Schule.

Das Petrinum in Recklinghausen blickte bereits zu meiner Zeit dort auf eine lange Tradition zurück, die als Latein-

schule bis weit in das 15. Jahrhundert zurück reichte. Unser Lehrer hieß Albert Kühn. Er war nur von kleiner Statur, ein Zustand, den er durch eine besonders aufrechte, militärisch anmutende Haltung auszugleichen suchte. Verstärkt wurde der Eindruck eines betont strengen Auftretens noch durch den hohen weißen Kragen und den engen schwarzen Rock, den er ständig trug. Seine besondere Aufmerksamkeit im Unterricht galt unserem Klassenprimus Ludwig Kleinschneider und noch zwei oder drei weiteren bestimmten Schülern, deren Ausführungen er stets wohlwollend lauschte, seine Arme im Einklang ihrer Worte schwingend, wie ein Dirigent, der das Spiel des Orchesters mit seinen Bewegungen vorantreibt. Ich muss zugeben, dass ich die so bevorzugten Mitschüler ein wenig beneidete, aber für uns anderen aus der Klasse brachte es den Vorteil mit sich, dass wir weitgehend der Notwendigkeit enthoben waren, uns für den Unterricht zu präparieren. Doch leider galt dieses nicht jederzeit.

Wie immer betrat Herr Kühn eines Morgens den Klassenraum, legte bedächtig Hut und Mantel ab und stellte sich neben das vor den Schulbänken in deutlichen Abstand aufgestellte Pult, wobei er sich beidseitig mit den Händen glättend durch die grauen Haare fuhr. Anschließend führte er einige gymnastische Bewegungen mit dem Kopf durch, wippte, während er die Hände hinter dem Rücken verschränkte, wie eine Bachstelze auf und ab und ließ den Blick über seine neben ihren Bänken stehenden Schüler schweifen. Nachdem er nun wohl befriedigt festgestellt hatte, dass alles seine Ordnung hatte, grüßte er uns kurz.

»Guten Morgen, Klasse.«

»Guten Morgen, Herr Kühn,« schallte es ihm entgegen und wir nahmen auf unseren Bänken Platz.

Herr Kühn trat zwei Schritte vor und begann, sich die Hände wie beim Waschen reibend, auf und ab zu gehen.

»Gestern haben wir begonnen, uns mit den beiden antiken Stadtstaaten Athen und Sparta zu beschäftigen. Ich habe es Ihnen daraufhin zur häuslichen Aufgabe gemacht, sich ein genaueres Bild zu verschaffen. Nun, wer von Ihnen, meine Herren, möchte denn nach vorne kommen und uns einen kleinen Vortrag über dieses Thema halten ?«

Herr Kühn beendete abrupt seinen Gang und wandte sich uns zu. Seine Augen wanderten forschend über die Bankreihen, wie, so erschien es mir jedenfalls, bei einem Raubtier, das nach Beute Ausschau hält. Einige Hände gingen in die Höhe, aber Herr Kühn überging diese Versuche auf sich aufmerksam zu machen. Statt dessen blieb sein Blick zu meinem großen Entsetzen auf mir haften. Irgendwie schien mir mein schlechtes Gewissen ins Gesicht geschrieben zu sein und Herr Kühn glaubte nun wohl ein lohnendes Opfer gefunden zu haben.

»Vielleicht möchte uns heute einmal Herr Marsten mit einem Beitrag zu dem angesprochenen Thema erfreuen.« Und mit einer einladenden Handbewegung bedeutete unser Lehrer mich nach vorne.

Mühsam erhob ich mich und machte mich mit schweren Schritten auf den Weg, wobei ich verzweifelt überlegte, was ich denn nun sagen sollte. Angekommen, blickte ich ratlos in die erwartungsvollen Gesichter meiner Klassenkameraden.

»Nun bitte, wir hören,« drängte Herr Kühn.

Das einzige, was ich sicher wusste, war, dass beide Stadtstaaten in Griechenland gelegen hatten. Also begann ich meine Aussage mit den Worten: »Beide Städte waren etwa gleich gelegen.«

An der nun aufkommenden leichten Unruhe unter meinen Mitschülern konnte ich feststellen, dass diese Bemerkung nicht so ganz den Tatsachen entsprach und so beschloss ich spontan von weiteren Äußerungen Abstand zu nehmen. So verging nun eine geraume Zeit, in der ein allgemeines gespanntes Schweigen herrschte. Die Stille wurde nur gelegentlich durch ein Knarzen einzelner Schulbänke unterbrochen. Schließlich durchschnitt die eisige Stimme unseres Lehrers das große Schweigen.

»War das alles ?«

Ich verhielt mich weiter still.

»Nun, vielleicht hätte ich ja auch einen Vergleich zwischen London und Timbuktu zur Hausaufgabe machen können. Das Ergebnis wäre wohl das gleiche gewesen.« Jetzt geriet Herr Kühn erst richtig in Fahrt. »Was denkt sich der Herr denn wohl, warum er eigentlich zur Schule geht. Na, bekomme ich wenigstens jetzt eine Antwort. Aber nein, ich glaube er weiß es gar nicht.«

Und so ging es weiter fort. Ich musste noch etliche wüste Beschimpfungen über mich ergehen lassen. Aber letztlich fand diese peinliche Strafpredigt doch noch ihr Ende. Für den Rest meiner Schulzeit ersparte ich mir solche Vorfälle, indem ich immer gut vorbereitet war.

Nur wenige Tage später lernte ich meinen Freund Henry kennen. In Brilon geboren, wohnte er vorübergehend bei seinem Onkel in Recklinghausen, um hier die Abiturprüfung abzulegen. Er stammte aus einer Juristenfamilie und auch er brachte es später auf diesem Gebiet zu großem Ansehen. Eines Morgens stand er auf dem Schulhof in einem dunklen eleganten Mantel, unsicher um sich blickend aber auch sichtlich bemüht, einen souveränen Eindruck zu erwecken, während er von den ihn umringenden Schülern neugierig begafft wurde, wie ein exotischer Vogel. Sein Auftreten imponierte mir und so kam es nach anfänglichen schüchternen Annäherungen zu einer Reihe von gegenseitigen Besuchen und auch über die Schulzeit hinaus riss der Kontakt niemals ab.

Während ich über Henry nur gutes zu berichten habe, gibt es Personen, an die ich mich nur ungern erinnere. Dazu gehört nicht nur Herr Kühn, sondern auch ein durchaus angesehener, zumindest recht wohlhabender, Bürger unserer Stadt, dessen Nachnahmen ich hier aber nicht preisgeben möchte, um nicht andere Personen gleichen Namens möglicherweise zu verunglimpfen. Sattdessen möchte ich ihn hier als Theodor Besserwisser bezeichnen, denn dieser Name kennzeichnet seine hervorzeichnendste und gleichzeitig unangenehmste Eigenschaft. Es war nicht möglich ihn auf irgendein Thema anzusprechen, ohne dass er einem dazu sofort einen ausführlichen Vortrag hielt. Natürlich ließ er nur seine eigene Meinung als allgemeingültig gelten und Personen, die diese nicht teilten, bezeichnete er als Ignoranten oder Dummschwätzer, wobei er völlig missachtete, dass er selber eigentlich derjenige war, der sich durch diese Merkmale besonders hervortat. Sein angebliches Wissen erstreckte sich über sämtliche Fachgebiete, wobei er aber bei politischen Fragen sehr zurückhaltend war. Anscheinend war er klug genug, sich nicht mit der Obrigkeit, vor allem den protestantischen Preußen in Berlin anzulegen.

Meine Mutter war nun bereits seit einigen Jahren verwitwet und nicht wenige Verehrer hatten sich seither um ihre Gunst beworben aber sie war bisher nicht bereit gewesen eine weitere Ehe einzugehen. Ausgerechnet nun begann Herr Besserwisser ihr den Hof zu machen und sie schien, da er ihr fortwährend schmeichelte, auch nicht abgeneigt zu sein. Tante Ziska verließ stets demonstrativ und grußlos mit bösen Blicken das Zimmer, wenn er seine Aufwartung machte.

Da er ja alles besser wusste und seiner Meinung nach auch beherrschte dauerte es nicht lange bis er begann auf die Haushaltsführung und insbesondere die Gartengestaltung Einfluss zu nehmen. So konnte man ihn des öfteren beobachten, wie er hemdsärmelig im Garten waltete, von den Nachbarn in den angrenzenden Gärten misstrauisch beäugt, tiefe Löcher grub, Sträucher schweißtriefend versetzte, Bäume fällte und zerkleinerte, ja das gesamte Gelände in eine große Baustelle verwandelte, sodass man den Garten fast gar nicht mehr betreten konnte.

Nein, so durfte es nicht weitergehen und ich begann zu überlegen, wie ich seinem Treiben schnellstmöglich ein Ende bereiten konnte. Schon sehr bald bot sich mir eine gute Gelegenheit.

An einem schönen Sommerabend beehrte der gute Theodor meine Mutter wieder einmal mit seinem Besuch. Da ihm wohl zu heiß war hatte er seinen Rock auf der Diele abgelegt, während er bei meiner Mutter im Wohnzimmer bei einem Glas Wein saß. Schnell nahm ich mir heimlich den Nähkasten meiner Mutter und nähte mit nur wenigen Stichen den linken Rockärmel des verhassten Gastes zu, beseitigte alle sichtbaren Fäden und legte mich an einem Fenster neben der Dielentür auf die Lauer.

Es war bereits nach dem Dunkelwerden, als Theodor endlich seinen Besuch beendete und sich wortreich und mit zahllosen Bücklingen von meiner Mutter verabschiedete. Er nahm seinen Rock und überquerte einen Militärmarsch summend die Diele und erst im Freien angekommen versuchte er den Rock überzustreifen. Mit dem rechten Ärmel gelang ihm das problemlos, mit dem linken.....mit dem linken.... was war denn das ? Die Hand fand einfach nicht den Weg ins Freie.

»Düwel patt auk, wat cheit dat denn nich ?« brummte er erzürnt vor sich hin. Nun verstärkte er den Druck auf den Ärmel aber durch diese Anstrengung geriet er in eine Drehbewegung und schließlich, wohl auch durch den Alkohol bedingt, aus dem Gleichgewicht und stürzte auf einen neben der Haustür aufgestellten Blumenkübel. Dies war nun der Moment, dass ich mich schleunigst verzog und vom weiteren Geschehen nichts mehr mitbekam.

In den folgenden Tagen regte sich meine Mutter immer wieder darüber auf, dass anscheinend einige Vandalen den Blumenkübel vor dem Haus schrecklich zugerichtet hatten und sie wunderte sich noch lange Zeit darüber, dass Herr Besserwisser nicht mehr zu Besuch kam.

Lisa

Ein plötzlicher heftiger Gewitterregen hatte mich genötigt in eine Gastwirtschaft zu flüchten. Ich war zu der Zeit gut 14 Jahre alt und mit solchen Lokalitäten bisher nicht vertraut, sodass ich mich ein wenig unsicher in dem großen Schankraum mit dem großen Dampfkessel, in dem das Bier gebraut wurde, umschaute. Hinter dem Tresen erblickte ich Lisa Wöstmann, die Tochter des Wirtes. Sie war etwa so alt wie ich und ich sah sie auch nicht das erste mal aber bisher war sie mir noch nicht besonders aufgefallen. Sie sah mich spöttisch und herausfordernd an. In ihrem geblümten Kleid aus Kattun und mit ihren um die Ohren herum geflochtenen Zöpfen übte sie eine merkwürdige Anziehungskraft auf mich aus. Zu meinem Entsetzen bemerkte ich plötzlich, dass ich meine Mütze noch auf dem Kopf trug, riss sie schleunigst herunter um meine guten Manieren unter Beweis zu stellen und deutete flüchtig Richtung Eingangstür, wobei ich schüchtern erklärte: »Es regnet.«

»Ach ?« bemerkte Lisa mit gespieltem Erstaunen. In diesem Augenblick erschien ihr Vater ein wenig außer Atem durch eine rückwärtige Tür. Er hatte wohl noch einige Geräte vor dem einbrechenden Regen in Sicherheit gebracht, wischte sich nun mit einem Lappen über die fast kahle Stirn von der ein paar Regentropfen herab perlten und blickte mich unwillig an, da er in mir zu Recht keinen zahlenden Gast vermutete.

»Was willst du hier ?« herrschte er mich an.

»Ach, nun sei doch nicht so,« meldete sich eine einzelne Stimme aus einer Ecke zu Wort. Es war der stadtbekannte Olle Bramsche. Niemand wusste genau, wie alt er eigentlich war und was ihn nach Recklinghausen verschlagen hatte, denn er stammte aus dem Osten Westfalens. Er lebte hauptsächlich von Almosen, die er sich erbettelte und hatte schon, was er ständig betonte, an den Befreiungskriegen gegen Napoleon teilgenommen.

Mit offenem Munde breit grinsend winkte mich nun der alte Haudegen an seinen Tisch heran, wobei er seine noch verbliebenen gelben Zahnstümpfe entblößte, nahm einen kleinen Schluck aus seinem Bierkrug und brach plötzlich in einen kurzen, heftigen Husten aus. Zur Ruhe gekommen, wischte er sich den Mund mit einem fleckigen Taschentuch ab und schnaufte tief durch, während er das Tuch wieder in seiner Hosentasche verstaute.

In respektvollem Abstand verharrte ich vor seinem Tisch und starrte ihn unverwandt an. Sein runzliges Gesicht war mit grauen Bartstoppeln übersäht und das Elend seiner Erscheinung wurde noch verstärkt durch seine abgetragene Kleidung, die er wohl seit Ewigkeiten nicht mehr gewechselt hatte.

Dieses menschliche Wrack zwinkerte mir nun zu und begann mit einer brüchigen Stimme zu reden.

»Dat is man patt auk n` richtig schiet Wiärr. Nix für ungut, aber du siehst mir wie jemand aus, der zu den vornehmen Leuten gehört. Immer in fein gemachten Betten schlafen und immer anständig und gut zu essen.«

Ein Hauch von Wehmut kam über sein Gesicht.

»Wenn wir damals im Feldlager waren, dann hat man uns nur einen elenden Fraß vorgesetzt und exerzieren mussten wir bei jedem Wetter. Oh König von Preußen...!«

Er hob eine Hand vor sich in die Höhe und begann sie im Takt zu bewegen, während er sang:

Dereinst da zogen die Lippschen Schützen
Nach Frankreich herein
Um das Vaterland zu stützen.
So zogen wir fröhlich und guter Dinge
Von Detmold nach Lage
Und von da nach Lippspringe
Met nem Truderidera
Met nem Truderidera
Met nem Truderidera
Ja die Lipper, die sind da.

Und als wir marschierten
Durch die qualmige Stadt Essen
Da haben wir unseren mitgebrachten
Pickert aufgegessen.
Hat denn keiner diesen Fähnrich
Mit der Fahne gesehn?
Man weiß ja garnicht
Wie der Wind tut wehn.
Met nem Trudridera...

Ja damals bei der Leipziger Völkerschlacht
Da hätten wir beinahe einen Gefangenen gemacht.
Wer schleicht denn da im Busch herum?
Das ist doch nicht Napoleon?
Nous avons

Vous avez
Nu` s er weg.
Met nem Truderidera...

Nachdem er seinen Vortrag beendet hatte, ergriff er seinen Bierkrug, nahm einen tiefen Zug, setzte ihn wieder laut schnaufend ab und blickte mich aus seinen blassblauen Augen an.

»Ja ich hab` ihn gesehen, höchstpersönlich, den Napoleon. In Wirklichkeit war das so ein ganz kleiner dicker Kerl. Von wegen furchterregend, oh nein, der taugte doch nich` mal als Kinderschreck. Aber der Blücher, der war wirklich ein Tausendsassa. Der hatte vielleicht eine gewaltige Ansprache: Der König lässt sich bedanken bei euch. Dat Pulver is alle; darum gehen wir zurück bet hinder die Elbe. Wer nu segt, det wir retriren dat is en Hundsfott. Guten Morgen, Kinder !«

Aber wenn es seine Absicht gewesen war, mich mit seinen Worten zu beeindrucken, so sah er sich wohl enttäuscht, denn ich blieb völlig regungslos. Also suchte er nach einer anderen Möglichkeit, meine Bewunderung für ihn zu gewinnen und sah mich nun mit einem seltsamen Gesichtsausdruck von der Seite her an.

»Hast du denn schon mal wat vom Bespriäken gehört ?« Ungeduldig hakte er nach. »Vom Besprechen. Na, hast du ?«

Aber ich starrte ihn nur verwirrt an ohne etwas zu begreifen.

»Das ist so ein alter Brauch bei uns gewesen,« fuhr er fort. »Und ich sag dir, ob du es glaubst oder nicht, aber auf Feldern, die der Besprecher mit einem weißen Stäbchen umschritten hatte und dann noch eine Scholle von einem verpfändeten Acker geworfen hat, da gab es kein Mehltau, keine Würmer und Spatzen mehr. Ja so war das, aber das war ja noch nicht alles. Ich hab` das mal bei einem Pferd miterlebt, einem Araberhengst. Der hat sich bei einem Sprung schwer verletzt und hat immer mit dem Bein so ausgeschlagen, dass man gar nicht ran konnte zum Helfen. Dann hat man es mit der sogenannten »Waffensalbe« versucht. Ein Tuch mit dem Blut des Pferdes wurde an den Besprecher gesandt und danach hat sich der Hengst wieder völlig erholt. Wirklich, das kannst du mir glauben. Das habe ich selber gesehen.«

»Nu loat doch den Jung in Ruh«, mischte sich Wöstmann ein und damit bot sich mir die Gelegenheit, schleunigst den Rückzug anzutreten und mich auf den Heimweg zu machen, obwohl es immer noch ein wenig regnete. Ich hastete über die feuchtglänzenden Straßen, den Kopf voller Gedanken, aber es war nicht de Olle Bramsche, es war Lisa, die mir fortan nicht mehr aus dem Sinn ging.

Zuhause angekommen setzte ich mich auf mein Bett aber eine seltsame Unruhe trieb mich ins Wohnzimmer und von dort auf den Dachboden. Eine bisher nicht gekannte Euphorie erfüllte mich derart stark, dass ich mich auch in der folgenden Nacht schlaflos im Bett umher wälzte. Ich musste ständig an Lisa denken. Immer wieder stellte ich mir vor, sie geriete in große Gefahr und ich erschiene als großer Held wie der Räuberhauptmann Rinaldo Rinaldini, um sie zu retten. Ich malte mir aus, wie ich iherer großen Bewunderung sicher sei und gemeinsam würden wir große Abenteuer bestehen. Aber dazu musste ich sie überhaupt einmal wiedersehen und die Frage, wie ich das bewerkstelligen sollte beschäftigte mich bis zum Morgengrauen.

Am Tag danach gelang es mir Antonia Hüntemann, die in die gleiche Schulklasse wie Lisa ging, dazu zu bewegen ihr einen Zettel mit einer Botschaft von mir auszuhändigen. Es kostete mich zwar fünf Zuckerstangen, aber diese Auslagen schienen mir für den Zweck des Unternehmens durchaus angemessen. Auf dem Zettel hatte ich Lisa für den folgenden Nachmittag ein Treffen in der Nähe der alten Walkmühle am Hellbach vorgeschlagen, ein Ort, der sich in erreichbarer Nähe befand bei dem für uns aber auch nur wenig Gefahr bestand, von Bekannten gesehen zu werden, denn unsere Zusammenkunft sollte geheim bleiben.

Als der angesetzte Zeitpunkt nahte, machte ich mich auf den Weg und ging zunächst ein Stück über die neue Straße Richtung Herne. Diese war Teil der sich noch im Bau befindenden segensreichen Verbindung bis nach Haltern. Durch sie wurde eine Anbindung an das allgemeine Verkehrsnetz bis nach Münster und Bochum ermöglicht, was den Handel sehr begünstigte. Über die bisherige Verbindung hieß es, dass es bei irgend übler Jahreszeit kein Durchkommen gegeben habe und dass es beim Hause Strünkede die Post in einer Woche dreimal umgeworfen habe und die Passagiere sich nach Herne oder Recklinghausen plagen mussten.

Lisa war nicht allein, als sie am vorgeschlagenen Treffpunkt erschien. In ihrer Begleitung befand sich Antonia Hüntemann. Das verärgerte mich zwar zunächst, aber Lisa erklärte mir, dass sie auf keinen Fall alleine gekommen wäre und Antonia absolut vertrauenswürdig sei und uns nicht verraten würde. Wir gingen ein Stück abseits, sodass Antonia unser Gespräch nicht mit anhören konnte und Lisa blickte mich direkt an.

»Also, was willst du von mir ?«

Auf solch eine Frage war ich nicht vorbereitet. Ich konnte ihr doch unmöglich sagen, was mich in meinem tiefsten Inneren bewegte. Wahrscheinlich hätte sie mich ausgelacht, wenn ich ihr so unvermittelt meine Zuneigung eingestanden hätte. Also überging ich ihre Frage und lenkte das Gespräch in eine andere Richtung.

»Sag mal, machst du das eigentlich öfter ?«

»Was ?«

»Na hinter dem Tresen stehen und aufpassen.«

»Ach so, das meinst du.« Sie blickte an mir vorbei und richtete die Augen scheinbar abwesend auf einen imaginären Punkt. »Nein, das kommt nicht häufig vor. Nur manchmal, wenn mein Vater etwas dringendes zu erledigen hat und sonst niemand im Haus ist.«

»Was ist denn mit deiner Mutter ?«

»Sie ist schon lange tot, an Thyphus gestorben als ich vier Jahre alt war. Ich vermisse sie immer noch sehr, obwohl.... na ja Vater hat vor zwei Jahren ja wieder geheiratet, aber meine neue Mutter ist nicht so gut zu mir und zetert ständig an mir herum.«

Bei genauem Hinsehen erschien es mir als füllten sich ihre Augen mit Tränen und ich begann sie zu mögen, so sehr, dass ich ohne zu zögern bereit gewesen wäre, alles für sie hinzugeben. Aber wie schnell können sich die Dinge doch grundsätzlich wenden.

Es war nur wenige Tage später. Ich hatte gerade einen Botengang für meine Mutter erledigt und befand mich gerade auf dem Heimweg, als ich erstarrte. Ich sah Lisa Hand in Hand mit einem Bäckergesellen aus der Nachbarschaft. Dieser unverhoffte Anblick versetzte mir einen tiefen Stich ins Herz. Es gab jemand anderen dem ihre Zuneigung gehörte. Zunächst dachte ich daran, sie sofort zur

Rede zu stellen, aber dann drückte ich mich hastig in einen Hauseingang, um nicht gesehen zu werden. Ich kann gar nicht beschreiben, welche Gefühle auf mich eindrangen. Es waren Enttäuschung, Wut über diese Ungerechtigkeit, Verbitterung und weitere, wechselnde Empfindungen.

In den folgenden Wochen vermied ich jegliche Begegnung mit Lisa und wenn wir uns doch zufällig trafen ging ich nur stumm und grußlos an ihr vorbei. Das was sich meinen Augen so offenkundig dargeboten hatte, bedurfte, so dachte ich, keiner zusätzlichen Erklärung, nein, in meinem verletzten Stolz wollte ich keine Ausflüchte oder Entschuldigungen hören und für einige Zeit war mein Verlangen nach romantischen Begegnungen mit irgendwelchen Mädchen aus der näheren Umgebung restlos erloschen.

Jobst

Verhängnisvoll hatte das neue Jahrhundert, das sechzehnte seit der Geburt Jesu Christi, begonnen. Im Jahre 1500 zerstörte ein großer Brand fast die Hälfte der Gebäude Recklinghausens, darunter auch das Rathaus und die Peterskirche. Ausgebrochen war das Feuer in der Nähe des Lohtores und hatte sich Richtung Martinitor und Kunibertitor ausgebreitet. In der zusammenstürzenden Schule war auch der Bürgermeister Johann von Ulenbrock ums Leben gekommen.

Nachdem Karl V. im Jahre 1519 dank der Fuggerschen Gelder zum Kaiser gekrönt worden war, versuchte sich Frankreich aus der Habsburgischen Umklammerung zu befreien und schreckte nicht einmal davor zurück, ein Bündnis mit den Türken zu schließen, die ab 1529 Wien belagerten.

Der Ritteraufstand des Franz von Sickingen und der große Bauernkrieg forderten tausende von Menschenleben. Hungersnöte und Seuchen überzogen das Land, eine tiefe Verunsicherung in der Bevölkerung hinterlassend, sowie die große Sehnsucht nach einer von Gott gegebenen Ordnung. Doch welcher war der rechte Glaube? Nachdem im Jahre 1517 Martin Luther seine 95 Thesen in Wittenberg veröffentlicht hatte, standen sich Katholiken und Protestanten mehr und mehr in Feindschaft gegenüber.

Prediger verkündeten das baldige Ende der Welt und beschworen die nahende Apokalypse herauf. Aufgrund einer besonderen Planetenkonstellation brach 1525 eine große Panik aus und Menschen kletterten auf Bäume, um von dort die Ankunft Christi abzuwarten. In Amsterdam verbrannten Männer und Frauen ihre Kleidung und rannten nackt durch die Straßen, während sie schrien: »Wehe ! Die Rache Gottes. Die Rache Gottes !«

Bernhard Klüwert erhob sich mühsam von seinem Lager und streckte sich ausgiebig. Dann stellte er sich vor das auf einem Schemel stehende kupferne Kruzifix, beugte das rechte Knie, sodass es kurz den Boden berührte und bekreuzigte sich flüchtig. Schließlich umgürtete er sich mit seinem langen schmalen Schwert, legte den Harnisch an, setzte den zierlosen, eiförmigen Helm auf und verließ das grün und weiß gefärbte runde Zelt, um sich auf seinen morgendlichen Rundgang um die Wasserburg Strünkede zu machen.

Es war bereits einige Wochen her, seit Bernhard beauftragt worden war mit einigen Soldaten, deren eigentliche Aufgabe es war, die Stadttore zu bewachen, den Burgherren Jobst von Strünkede für einige Vergehen gegen Bürger der Stadt Recklinghausen zur Rechenschaft zu ziehen. Doch dieser hatte sich auf seine Burg zurück gezogen und zeigte keinerlei Anstalt sich den Belagerern zu stellen. Selbst lauteste Beschimpfungen von Seiten der Recklinghäuser ließen die eingeschlossenen Ritter stoisch über sich ergehen.

Inzwischen war der Herbst bereits weit fortgeschritten und die Blätter der Bäume hatten schon eine gelbbraune Farbe angenommen. Rauhreif glänzte in der strahlenden Morgensonne, die von einem tiefblauen Himmel herab

schien. Über den Gräben der Burg lagen zarte Dunst-
schleier und in einem Gebüsch am Rande des Wassers
schnatterten einige Enten. Nur unweit davon grasten die
Pferde der Belagerer.

Die Recklinghäuser hatten ihre Zelte in einem zur Burg
hin offenen Halbkreis aufgestellt. In der Mitte schwelte ein
Lagerfeuer und ein Knecht war gerade damit beschäftigt es
neu zu entfachen. Der Platz war so gewählt, dass die Burg-
bewohner ihn gut einsehen konnten. Die Belagerer hofften,
die Eingeschlossenen zu einen Ausfall zu provozieren, indem sie üppige Gelage feierten, aber bisher hatte sich noch
kein Erfolg eingestellt. Da die Vorräte auf der Burg aber
begrenzt waren, rückte der Tag, an dem die Belagerten zur
Aufgabe gezwungen waren, beständig näher.

Der Weg führte Bernhard zunächst an der Zugbrücke
vorbei. Die dort aufgestellten Wachtposten nahmen bei seinem Anblick sofort eine »Habt Acht«- Stellung an. Bernhard grüßte und wandte sich dann an einen von ihnen. »Na
Karl, irgendwelche besonderen Vorkommnisse ?«

Der so Angesprochene, ein großer, kräftiger Mann mittleren Alters mit einer Hakennase, die ihm eher das Aussehen eines Spaniers verlieh, meldete mit hastig ausgesto-
ßenen Worten : »Nein, nichts zu sehen vom Dullen Jobst.«

Bernhard nickte kurz und setzte seinen Rundgang fort.
»De Dulle Jobst«, so wurde der Belagerte aufgrund zahlreicher Untaten von der Bevölkerung genannt. Bereits bei
seinem ersten Besuch in Recklinghausen war es zu einem
heftigen Streit gekommen, da die versammelten Ratsmit-
glieder nicht bereit waren, die unverschämten Forderungen
des Burgherrn zu akzeptieren. Jobst hatte sich schließlich dazu erdreistet, einem angesehenen Bürger am Bart
zu ziehen. Auf der anschließenden wilden Flucht hatten

Jobst und seine Männer einige Schafe aus einer Herde niedergeritten. Nur kurze Zeit später hatte er dann damit begonnen, sich das Geforderte gewaltsam zu nehmen und dabei zahlreiche Gehöfte niedergebrannt. Dieses konnten sich die Recklinghäuser natürlich nicht bieten lassen und so hatten sich einige Bewaffnete aufgemacht, um den Unhold zu bestrafen.

Einzelne, weithin hallende Rufe schreckten Bernhard aus seinen Gedanken auf. Als er sich umdrehte, sah er, dass die Wachtposten wild gestikulierten und ihn heranwinkten. Sofort rannte Bernhard zurück. Im Laufen bemerkte er, dass die Zugbrücke heruntergelassen wurde. Vom Zeltlager her eilten einige Männer mit Hellebarden und Schwertern heran. Als Bernhard die Zugbrücke erreichte, hatte sich diese fast vollständig gesenkt. Das Burgtor wurde einen Spalt breit geöffnet und eine Frau trat heraus. Als sie sich den Männern vor der Zugbrücke näherte, erkannte Bernhard verblüfft an ihrer Kleidung, dass es sich um die Gräfin Sophia, die Mutter von Jobst handeln musste. Ihre eingefallenen, blassen Wangen und ihr schleppender Gang verrieten, dass sie große Entbehrungen hatte erdulden müssen. Nur wenige Meter vor den verunsicherten Belagerern hielt sie inne und begann zu sprechen.

»Ihr tapferen Männer aus Recklinghausen! Lange schon habt Ihr unsere Burg belagert. Ich komme nun mit einer Bitte zu Euch. Euer Zorn richtet sich nur gegen meinen Sohn und niemand sonst. Ich erbitte nun von Euch für mich freies Geleit. Ich möchte lediglich eine besondere Gunst von Euch, nämlich, dass ich das Liebste, was mir auf Erden ist, auf meinem Rücken tragen darf. Nur das erbitte ich von Euch und nichts weiteres.«

Bernhard blickte seine Mitstreiter kurz an, trat dann vor und deutete eine kurze Verbeugung an.

»Nun, zu dem, was Ihr gesagt habt, gnädige Herrin, so kann ich Euch nur beipflichten. Wir hegen keinen Groll gegen Eure Person. Also sei`s drum, wir gewähren Euch freies Geleit.«

Ein kurzes Aufleuchten zeigte sich auf dem Gesicht der Gräfin. Sie verbeugte sich anmutig, wandte sich um und begab sich in die Burg zurück. Nur kurze Zeit später wurde das Burgtor wieder geöffnet und die Gräfin Sophia erschien und zum Entsetzen und zur Empörung der Recklinghäuser trug sie ihren Sohn Jobst auf dem Rücken. Mit unsicheren, schwankenden Schritten bewegte sie sich durch die Reihen der Belagerer. Auf ihrem Rücken grinste Jobst die Recklinghäuser frech an, woraufhin einige wütend ihre Schwerter hoben. Aber Bernhard stellte sich drohend zwischen sie und die Gräfin.

»Wir haben unser Wort gegeben und dabei bleibt es,« herrschte er seine Leute an. Noch lange Zeit standen die Betrogenen ratlos und zornig vor der Zugbrücke, bis sie sich schließlich kleinlaut auf den Rückweg nach Recklinghausen machten.

Nach dieser Schmach hofften die Düpierten zumindest von weiteren Überfällen durch Jobst und seine Spießgesellen verschont zu werden. Doch da täuschten sie sich gewaltig, denn die Strünkeder trieben es immer toller, da sie sich anscheinend über jegliches Recht erhaben wähnten.

Was tun ? Eine weitere Belagerung der Burg hätte vielleicht wieder in einem Desaster geendet. Schließlich beschlossen die Recklinghäuser, an der alten Walkmühle, die seit dem Mittelalter südlich der Stadtmauern lag und die von Jobst und seinen Männern auf ihren Raubzügen passiert werden musste, eine Warnglocke anzubringen. Sobald sich Jobst in der Nähe der Mühle zeigte, wurde die Glocke geläutet und die Bürger hatten Zeit sich auf dessen Angriffe einzustellen. Diese Maßnahme erwies sich als sehr wirksam und Jobst musste seine Beutezüge zunächst einmal aufgeben. Doch die Freude der Recklinghäuser darüber dauerte nur kurze Zeit.

Es war an einem lauen Frühlingsabend. Franz Altenkamp zog mit Hilfe einer Zange ein glühendes Stück Eisen aus der Esse, legte es auf einen Amboss und begann es mit einem Vorschlaghammer zu bearbeiten. Zunächst galt es, das Stück in eine möglichst flache Form zu bringen und diese dann so zu verändern, dass daraus letztlich eine Pflugschar entstand. Franz hämmerte verbissen auf das strahlende Metallstück ein, denn er befand sich in großer Eile, weil die Pflugschar dringend gebraucht wurde. Gegen den Funkenflug schützte ihn eine große Lederschürze. Auf den muskulösen, vernarbten Oberarmen glänzte der Schweiß. Seine verschwielten Hände und sein Rücken schmerzten bei jedem Schlag. In letzter Zeit war es Franz leidvoll bewusst geworden, dass er in seinem Alter den Anforderungen seines Handwerks immer weniger gewachsen war. Sein Atem ging schwer und sein Herz raste. Der Rauch in der Schmiede vernebelte seine Sinne.

Plötzlich fasste ihm eine Hand auf die Schulter und Franz wirbelte herum. Vor ihm stand Anna, seine älteste Tochter. Zunächst war Franz über diese Störung verärgert, aber dann erkannte er, dass seine Tochter sehr aufgeregt war und ihm dringend etwas zu sagen hatte.

»Sie haben einen Geheimgang gegraben. Das Ende ist ganz in der Nähe von der alten Walkmühle,« sprudelten die Worte hastig aus ihr hervor.

»Was ist los ? Wer hat einen Gang gegraben ? Und wieso? Ich verstehe gar nichts.«

»Na der Jobst und seine Männer. Ich hab`s mit eigenen Augen gesehen. Schließlich bin ich ja Magd auf der Burg.«

Franz wurde langsam wütend. »Nun erzähl doch mal ordentlich, damit ich das auch verstehen kann.«

»In den letzten Tagen hab` ich beim Holzsuchen für das Herdfeuer in der Küche immer wieder gesehen, dass einige Männer in der Nähe der Burg ganz oft hin und her gelaufen sind und Erde weggetragen haben. Als sie weg waren, hab` ich mir die Stelle genauer angesehen und stell dir vor, da war der Eingang zu einem unterirdischen Gang.« Anna schaute ihren Vater triumphierend an.

Franz blickte ungläubig zurück. »Ein richtiger unterirdischer Gang ?«

Anna wurde zunehmend ungeduldig »Ja gewiss. Glaubst du vielleicht, ich kann das nicht richtig erkennen ?«

»Ja, ja, schon gut,« versuchte Franz sie zu beruhigen. »Und wohin führt denn der Gang ? Weißt du das denn ? Und wozu ist der denn angelegt worden ?«

»Der führt bis in die Nähe der Walkmühle. Ich hab` die Stelle nach einigem Suchen gefunden. Die kriechen durch den Gang, erscheinen ganz plötzlich vor der Mühle und bevor jemand die Glocke läuten kann, ist der schon überwältigt. Ja und dann geht die Plünderei munter weiter.«

»Ja und was sollen wir da jetzt machen ?«

»Oh, du kannst aber manchmal fragen,« eiferte sich Anna und erhielt prompt eine schallende Ohrfeige.

»Das ist für dein vorlautes Wesen,« wies Franz sie zurecht.

»Aber ich mein doch bloß. Das ist doch die Gelegenheit, die Strolche zu erwischen,« meinte Anna kleinlaut. Den Tränen nahe rieb sie sich die schmerzende Wange.

Franz begann seine Tat zu bereuen. »Du meinst, wir sollen uns auf die Lauer legen und die Burschen zur Strecke bringen? Aber ich hab` doch gar keine Zeit. Ich habe wichtigeres zu tun,« wandte er ein.

Anna blickte ihren Vater scharf in die Augen. »Weißt du denn nicht mehr, was sie mir alles angetan haben auf der Burg?«

»Oh ja, du hast ja Recht,« meinte Franz verlegen und bei der Erinnerung an ihre Schilderung der zalreichen Missetaten, verspürte er plötzlich eine große Wut. »Du hast ja so Recht. Der Zeitpunkt der Rache ist gekommen. Ich werde einige Männer zusammenrufen und du zeigst uns dann, wo der Gang bei der Walkmühle endet,« sagte er entschlossen und griff zu einer schweren Axt, die an der Wand lehnte.

Es dauerte nicht lange, bis Franz eine kleine Schar von notdürftig mit Mistgabeln, Beilen und Sensen bewaffneten Männern um sich versammelt hatte. Schnell machten sich alle zusammen mit Anna auf den Weg zur Walkmühle.

Der Eingang zu dem unterirdischen Gang befand sich ein wenig abseits des Weges und war nur unzureichend anscheinend von innen her mit einigen Ästen getarnt, sodass wohl jeder, der zufällig in seine Nähe geraten wäre, ihn entdeckt hätte.

Zunächst schickte Franz seine Tochter fort, doch diese machte sich nur äußerst zögerlich auf den Heimweg. Dann beratschlagten alle, wie denn nun zu verfahren sei. Es wurde beschlossen, dass abwechselnd einer bei dem Gang Wache halten sollte, während die anderen schliefen. Als erster machte sich Franz dazu auf, diese Aufgabe zu übernehmen. Er setzte sich auf einen Baumstumpf, von dem aus er gute Sicht auf den Eingang zum unterirdischen Gang hatte.

Es herrschte bereits seit einiger Zeit tiefe Dunkelheit und die allgemeinen Geräusche begannen nach und nach zu verstummen. Langsam wurde es Franz immer bedrückender zu Gemüte. Er begann zu bezweifeln, ob er und seine Gefährten das Richtige getan hatten. Worauf hatten sie sich da eingelassen? Niemand von ihnen war ausreichend bewaffnet, um gegen geübte und gut ausgerüstete Ritter zu bestehen. Heinz Hüntemann war sogar nur mit einem langen Knüppel ausgestattet und Jan Deitmer hatte ein steifes Knie seit er von einem Fuhrwerk überrollt worden war. Nein, das ganze Unternehmen war nicht nur waghalsig, es war völlig aussichtslos. Selbst wenn es gelang die Gegner zu überraschen, würde sich dadurch kein ausreichender Vorteil ergeben. Vielleicht hätte man doch die Wachsoldaten verständigen sollen, aber jeder aus der kleinen Truppe hatte unbedingt darauf bestanden, dabei zu sein wenn es Jobst an den Kragen ging. Was für ein verrücktes Unternehmen, was für eine merkwürdige Zeit. So überlegte Franz auch noch lange nachdem er abgelöst worden war und so konnte er keinen richtigen Schlaf finden.

Als der Morgen graute versammelten sich die Männer in der Nähe des Eingangs. Alle wirkten mürrisch und gereizt nach einer weitgehend schlaflos verbrachten Nacht. Auch die Entschlossenheit, ihr Vorhaben durchzuführen hatte erkennbar nachgelassen. Niemand hatte Zeit genug, um hier tage- und nächtelang auf die Strünkeder zu warten. So dauerte es nicht lange, bis ein heftiger Streit darüber ausbrach, wie man denn nun weiter verfahren sollte. Einige drohten sogar handgreiflich zu werden.

Franz, der mit dem Rücken zum Tunneleingang stand, sah wie sein Gegenüber Jan Deitmer plötzlich erstarrte. Franz blickte sich um und sah zu seinem Entsetzen, wie die

Äste über dem Eingang beiseite geschoben wurden und einige bewaffnete Männer in silbern glänzenden Harnischen aus dem Inneren hervorkamen. Es waren allerdings nicht so viele, wie befürchtet. Was nun? Einige der Recklinghäuser wandten sich bereits zur Flucht, aber dieses hätte das sichere Verderben bedeutet. Franz fragte sich, wer von den Angreifern denn wohl Jobst war. Um dessen sicher zu sein schrieh er so laut er konnte »Jobst!« und noch einmal »Jobst!«

Aus der kleinen Schar löste sich ein einzelner eher unscheinbarer Mann heraus und zog sein Schwert. »Was seid ihr denn für ein jämmerlicher Haufen? Verschwindet oder ich mache euch Beine!« Und schon stürmte er geradewegs auf Franz zu. Dieser hob seine Axt. Sein Herz raste. Gleich würde der Strünkeder ihn erreicht haben. Wie sollte er den Angriff abwehren? Doch da geriet Jobst durch eine Bodenunebenheit ins Straucheln und stürzte zu Boden. Sofort rannte Franz zu ihm hin und trennte mit einem mächtigen Axthieb den Kopf vom Rumpf.

So starb Jobst von Strünkede. Er war gerade 29 Jahre alt. In den Chroniken heißt es, dass Jobst in Wahrheit von seinem eigenen Schmied erschlagen wurde. Aus welchem Grund das geschen sein sollte, ist dort aber nicht verzeichnet.

Die Besessenen

Etwa einmal pro Monat trafen sich die Frauen aus der Nachbarschaft sonntags am Nachmittag zu einem Kränzchen, um miteinander über die verschiedensten Dinge zu reden. Diese Zusammenkünfte fanden reihum bei den Nachbarn, besonders häufig aber in unserem Hause statt, weil bei uns die Männer im Haushalt fehlten. Mich interessierten diese Versammlungen nicht im Geringsten, da mich dieser Nachbarschaftstratsch ungerührt ließ, aber es konnte doch vorkommen, dass bei schlechtem Wetter meine Anwesenheit unvermeidlich war. So kann ich mich lediglich an eine ganz bestimmte Zusammenkunft erinnern, die an einem herbstlich grauen und regnerischen Sonntag im Oktober, ich glaube so etwa 1835 oder 1836 stattfand.

Wie fast immer erschien Trude Wollbrink als erste, da sie besonderen Wert auf Pünktlichkeit legte und sich deswegen in Übertreibung dieser Eigenart bereits weit vor dem vereinbarten Zeitpunkt einfand. Sie trug wie stets ein dunkles Kleid mit einer sich farblich kaum abhebenden Schürze und ein tiefschwarzes Kopftuch, sodass auch infolge des wachsbleichen runzligen Gesichts ihr eigentliches Alter nur schwer zu schätzen war. Trude schimpfte über das schlechte Wetter, betonte, dass ihr alle Glieder weh täten und nahm ächzend Platz, während meine Mutter und Tante Ziska damit beschäftigt waren, den Tisch zu decken und eine große Schale mit Apfelstütchen aufzutragen. Ich hatte es mir auf einem Hocker an der Wand bequem gemacht und hoffte möglichst unbemerkt zu bleiben, aber da hatte ich mich getäuscht, denn schon richtete Trude ihren strengen Blick auf mich.

»Na Gustav, bist Du denn auch immer schön fleißig in der Schule?«

Was sollte ich dazu schon sagen, aber ich wurde glücklicherweise einer Antwort enthoben, weil in diesem Moment Anne Zurholt erschien, nicht so dunkel gekleidet und auch deutlich jünger als Trude Wollbrink. Sie war mit einem Schustergesellen verheiratet und hatte zwei Kinder, die aber wesentlich jünger waren als ich. In der Gesellschaft von anderen wirkte Anne stets ziemlich unsicher und verlegen, wobei sie dazu neigte des Öfteren in ein nervöses Lachen auszubrechen, was sie aber in meinen Augen sehr liebenswert erscheinen ließ. Nur kurze Zeit später komplettierten Alwine Nacke, eine rundliche, stämmige Mittvierzigerin aus dem Hause nebenan und Maria Justen, die mit ihrem Mann aus Paderborn vor kurzem neu zugezogen war, den kleinen geselligen Kreis.

Es dauerte nicht lange bis sich das allgemeine Gespräch auf die Sonntagspredigt von Pastor Grossfeld richtete, wobei die Bemerkung »De küet sik aber auk mangsen wat bineen« natürlich nicht fehlen durfte . Alwine Nacke begann nun von einem Gespräch mit dem Pfarrer zu berichten, das wohl einige Tage zuvor stattgefunden hatte. Der Geistliche habe ihr von einer schrecklichen Zeit hier in Recklinghausen erzählt, in der besonders Frauen als vermeintliche Hexen einer brutalen Verfolgung ausgesetzt waren. Solche Hexenprozesse habe es natürlich auch in anderen Städten gegeben, aber nirgendwo in der Nähe sei die Anzahl der Verfahren so hoch gewesen wie in unserer Gemeinde. Warum das so gewesen sei, habe ihr der Pastor aber nicht erklären können.

Meine Mutter räusperte sich vernehmlich. »Wie ist denn so ein Verfahren überhaupt abgelaufen?«

Alwine richtete sich kerzengerade auf und blickte bedeutungsvoll in die Runde. Sie schien die allgemeine Aufmerksamkeit, die ihr nun gewidmet wurde sichtlich zu genießen.

»Also, am Anfang stand immer die sogenannte Denunziation. Anlass war oftmals ein Unglück oder plötzliche Erkrankungen, welche die vermeintlichen Hexen angeblich verursacht haben sollten. Die erste Hexe hier in Recklinghausen wurde verbrannt, weil sie beschuldigt wurde einen besonders kalten Winter bewirkt zu haben.«

»Wie ist denn so etwas nur möglich?« empörte sich Tante Ziska. Reihum gab es nur allgemeines Kopfschütteln und Fassungslosigkeit über dieses merkwürdige Rechtsempfinden.

»Grundsätzlich gab es wohl verbreitet die Auffassung, dass Frauen, aber auch Männer, einen Pakt mit dem Teufel eingehen konnten,« fuhr Alwine in ihrer Darstellung fort. »Man glaubte, dass sie dadurch über Zauberkräfte verfügten und sogar auf Besenstielen durch die Luft reiten könnten. Vor allem aber, so nahm man an, war ihnen damit die Möglichkeit gegeben anderen Menschen Schaden zuzufügen.«

Alwine lehnte sich zurück, verschränkte die Arme und sah mich kurz vielsagend an. Mir wurde angst und bange zumute, aber ich bemerkte aus den Augenwinkeln, dass Alwine meiner Mutter einen kurzen Blick zuwarf, dann kurz betreten den Kopf senkte und sich auf die Unterlippe biss. Das beruhigte mich wieder. Nein, von solchen Geschichten wollte ich mich doch nicht ins Bockshorn jagen lassen.

»Gab es denn kein ordentliches Gerichtsverfahren?« Meine Mutter wollte wirklich immer alles besonders genau wissen.

Alwine nahm wieder ihre aufrechte Haltung ein. »Zunächst wurden die so Beschuldigten gütlich verhört und natürlich haben sie die Vorwürfe abgestritten. Danach kam es dann aber zur sogenannten peinlichen Befragung, die allerdings erst durch den Rat der Stadt beschlossen werden musste, wobei die Bürgermeister einen besonderen Einfluss ausübten. Bei diesem Verhör wurde dann die Folter angewandt und zwar in verschiedenen Stufen von Daumenschrauben über Schnüren, Strecken bis zur Feuerfolter sodass die Angeklagten schließlich ein Geständnis ablegten.

Es gab aber auch andere Methoden einer angeblichen Wahrheitsfindung. So wandte man auch die Wasserprobe an. Dabei wurden der Beklagten die Hände und Füße gefesselt. Dann wurde sie ins Wasser geworfen. Wenn die Person ertrank galt ihre Unschuld als erwiesen, wenn sie überlebte wurde sie hingerichtet. Die Strafe für Hexerei war der Tod auf dem Scheiterhaufen. Die meisten Hinrichtungen wurden auf dem Sevensberg (Segensberg in Hochlar) durchgeführt.«

Alwine langte mit einer Hand nach einem Stückchen Gebäck und schob es sich in den Mund. Es entstand eine kleine Pause, in der alle Anwesenden tief betroffen schwiegen. Ich wagte kaum mich zu bewegen, um ja nicht irgendwie die allgemeine Aufmerksamkeit auf mich zu lenken und wartete ungeduldig auf weitere Bemerkungen, aber es blieb zunächst still in unserem kleinen Wohnzimmer. Schließlich fiel mir auf, dass Maria Justen, die ja aus Paderborn neu zugezogen war, um sich blickte, als würde sie sich nicht so recht trauen, etwas zu sagen.

»Ich kenne eine Geschichte, die sich in Brakel in der Nähe von Paderborn zu jener Zeit zugetragen hat,« begann sie tastend zu erzählen. Sofort wandten sich ihr alle sichtbar gespannt und erwartungsvoll zu. Anne Zurholt fuhr sich aufgeregt mit der Hand durch ihre braunen Haare, während die strenge Trude Wollbrink ihre Kleidung zurechtrückte und sich Krümel von ihrer Schürze wischte, wobei sie verstohlen Seitenblicke um sich warf. Meine Mutter nickte Maria Justen aufmunternd zu und diese begann nun endlich zu erzählen.

»Es fing damit an, dass die Halbschwestern Klara Fincken und Katharina Maneken, beide noch keine zwanzig Jahre alt, sich recht sonderbar benahmen. Sie schnitten Grimassen, zogen die Schultern hoch und grunzten wie Schweine.« Maria ahmte die typischen Grunzlaute nach, was Anne Zurholt dazu brachte, laut aufzulachen.

»Man hat das zunächst wohl nur für alberne Späße der beiden gehalten«, fuhr Maria fort. »Man weiß ja, wie solche jungen Dinger halt so sind. Aber die zwei ließen sich nicht von ihrem Gehabe abbringen und so begann man Spekulationen anzustellen, was denn die Ursache für das merkwürdige Treiben sein könnte. Einige vermuteten, dass Klara und Katharina von den Seelen gerade Verstorbener gequält würden, andere, dass die beiden von einer besonderen Krankheit befallen seien. Dann gab es welche, die behaupteten, die Schwestern seien vom Teufel besessen oder einfach nur Simulantinnen.

Schließlich wurde beschlossen, die Angelegenheit Pater Antonius aus dem Kapuzinerkloster zu übertragen. Dieser sollte feststellen, ob die Schwestern wirklich besessen waren und somit ein Exorzismus der beiden notwendig war. Für diesen Zweck gab es das »Rituale Romanum«.

Dort war genau festgelegt, welche Anzeichen als Beweis für eine Besessenheit galten. Dazu gehörte unter anderem die Beherrschung von eigentlich unbekannten Sprachen, überhaupt das Wissen über Dinge, die den betreffenden Personen nicht vertraut waren oder auch dass die Verdächtigen plötzlich übergroße Körperkräfte besaßen.

Pater Antonius führte nun scheinbar einen Exorzismus durch. Er besprengte Klara und Katharina mit »Weihwasser«, wie es vorgeschrieben war, in Wirklichkeit handelte es sich aber um Bier. Die beiden reagierten wie Besessene und verrenkten ihre Gliedmaßen auf absonderliche Weise, aber sie achteten deutlich darauf, sich nicht zu verletzen, hatten sich also unter Kontrolle. Auch vermochten sie nicht, ihnen unbekannte Sprachen zu verstehen. Somit glaubte Pater Antonius sie als Simulantinnen entlarvt zu haben. Aber hatte damit der Spuk ein Ende? Oh nein. Es dauerte nur wenige Tage und bereits sieben Personen zeigten die gleichen Symptome wie die beiden Schwestern.«

Ich muss gestehen, dass ich mich zunehmend unwohl fühlte. Diese Erzählungen begannen mich zu verwirren und ich suchte schon nach einem Vorwand, um mich, ohne Anstoß zu erregen, davonmachen zu können. Doch auch der Fortgang der Geschichte interessierte mich brennend, sodass ich weiterhin ausharrte und den Worten der Paderbornerin lauschte. Außerdem schien es allen anderen, wenn ich so um mich blickte, ähnlich zu gehen. So wurde die Erzählung also weitergeführt.

»Nun gab es aber in Paderborn einen Experten zum Thema Exorzismus. Es handelte sich dabei um den Jesuitenpater und Professor für Theologie Bernhard Löper. Dieser hatte bereits praktische Erfahrungen auf diesem Gebiet auch in der Nähe von Recklinghausen gesammelt. Zwecks

Untersuchung verfügte er die Überstellung der Schwestern nach Paderborn in die Kapelle des hl. Bartholomäus. Dort versuchte er nun einen Exorzismus an den beiden durchzuführen aber lediglich bei Katharina schien das Unterfangen auch erfolgreich zu verlaufen. Bei Klara versagten alle Bemühungen das Böse in ihr auszutreiben. Es schien sich bei ihr wohl um einen sogenannten stummen Geist gehandelt zu haben, also der Dämon sprach nicht aus ihr. Jedenfalls wurde als Verursacherin des Übels Katharina Meier, die Magd des Bürgermeisters Heinrich Möhring, benannt, womit sie damit als Hexe bezichtigt wurde.«

»Moment einmal.« Das war natürlich meine Mutter, die sich jetzt einmischte und mal wieder alles ganz genau klären wollte. »Das wird mir aber jetzt zu kompliziert. Was ist denn jetzt eigentlich der genaue Unterschied zwischen Besessenen und Hexen?«

»Das ist ungefähr so wie bei Tätern und deren Opfern,« entgegnete Maria Justen. »Hexen waren die vermeintlichen Verursacher des Übels und mussten entsprechend bestraft werden, während Besessene von ihrem Zustand geheilt werden sollten. Aber es wurde wirklich sehr verwirrend, weil sich wohl bei der als Hexe bezichtigten Magd Katharina Meier die gleichen Symptome zeigten wie bei den Besessenen. Sie bat dann sogar freiwillig um eine Untersuchung ihres Zustandes. Diese hat dann zwar stattgefunden, aber es kam zu keinem klaren Ergebnis, jedenfalls auf dem Weg zurück von Paderborn versuchte sie zu fliehen, wurde dann aber aufgegriffen und auf Schloss Neuhaus eingekerkert angeblich wegen Betrugs.

In Brakel wurden bald weitere Personen der Hexerei bezichtigt, sogar der Bürgermeister befand sich darunter. Scheinbare Beweise für eine Hexerei sollten sich in einem

Topf, vergraben unter einem bestimmten Birnbaum befinden, doch der mysteriöse Topf konnte trotz intensiver Suche nicht gefunden werden. Bernhard Löper versuchte nun den Bischof Dietrich Adolf dazu zu bewegen ein Verfahren gegen die angeblichen Hexen und Zauberer einzuleiten, doch dieser weigerte sich zunächst. Schließlich stieg die Zahl der Besessenen auf über 200. Sie tobten durch die Straßen Paderborns, warfen Scheiben ein und wälzten sich in Misthaufen. In der Umgebung begannen an verschiedenen Orten junge Männer zu wüten und sogar Menschen umzubringen.

Nun konnte auch der Bischof nicht über die Freveltaten hinwegsehen. Er leitete ein Verfahren ein und setzte auch den Papst Alexander VII. über einen Freund, den Geheimkämmerer Ferdinand von Fürstenberg von den Vorkommnissen in Kenntnis. Es wurden drei Männer und eine Frau wegen Zauberei hingerichtet, doch erst mehr als 2 Jahre nach dem Beginn beruhigte sich die Lage wieder. Das ist alles, was ich über die Ereignisse von damals weiß, aber so sehr ich auch darüber nachdenke, verstehen werde ich sie wohl niemals.«

Meine Mutter ergriff nun das Wort. »Ja das geht uns allen wohl so.« Und nun begann sie ihre klassische Bildung hervorzukehren. »Schon bei Sophokles heißt es ja:

Vieles Gewaltge lebt, und doch

Nichts gewaltiger denn der Mensch…

Dieses Zitat ist zwar schon über 2000 Jahre alt, aber es scheint mir doch auch jetzt noch zutreffend zu sein, denn was übertrifft den Menschen in seiner Schaffenskraft, in seiner Leidenschaft und seinem Wagemut aber auch in seiner Grausamkeit und letztlich nicht zu vergessen in seiner Unergründlichkeit.«

Ich bin mir nicht sicher, ob meine Mutter da wirklich Recht hatte und es gibt möglicherweise einige Leute, die anderer Meinung sind, aber ich sehe keinen Grund, warum ich ihr in dieser Auffassung widersprechen sollte. Über den weiteren Verlauf des denkwürdigen Nachmittags gibt es nichts weiteres zu berichten. Sicherlich ist das Erzählte allen Beteiligten in dauerhafter aber gleichzeitig doch auch recht rätselhafter Erinnerung geblieben.

Der Teufelspakt

Die folgende Geschichte beruht auf einer alten Sage aus dem Ruhrgebiet, welche unter dem Titel »Der Müller und der Teufel« bekannt ist.

Wir befinden uns in einer Gastwirtschaft in Herten im 18. Jahrhundert. Durch die kleinen Fenster dringt die morgendliche klare Aprilsonne. Trotzdem ist es in dem rauchigen Schankraum mit der hölzernen Theke und den zerkratzten Tischen so dämmerig, dass der Raum auch bei Tage noch zusätzlich mit Kerzenlicht erleuchtet werden muss. An der Wand neben der Theke befindet sich ein gerade eben entzündeter Kamin, in dem kleine Äste sowie Holzscheite prasseln. Im Rauchfang hängen eine Reihe Würste sowie ein großer Schinken.

Der fast kahlköpfige Wirt ist gerade damit beschäftigt, ein großes Holzfass auf die Theke zu wuchten, als ein junger Mann, dem der rechte Unterarm fehlt, mit einem Bündel den Raum betritt und sich suchend umblickt. Der Wirt rückt das Fass zurecht, wischt sich die Hände mit einem Tuch ab und geht auf den Ankömmling zu. »Womit kann ich Euch dienen, mein Herr?«

Der Jüngling stellt das Bündel neben sich auf den Steinfußboden und nimmt seine Mütze vom Kopf. »Ich bin auf der Suche nach meinem Vater. Man hat mir gesagt, dass er in diesem Ort eine Mühle geerbt hat. Wissen Sie, ich war im Krieg.« Er hebt den rechten Armstumpf hoch. »In der Schlacht bei Kunersdorf, ein Kosakensäbel. Jetzt bin ich nutzlos. Als ich nach Hause zurück kehrte, war mein Vater schon nicht mehr dort. Meine Mutter lebt nicht mehr.«

Der Wirt ist bei den Worten des jungen Mannes erbleicht. »Wollt Ihr Euch nicht setzen? Ich werde Euch etwas zu Trinken bringen.«

Der Fremde nimmt an einem Tisch Platz und macht eine abwehrende Geste. »Nein danke. Bemüht Euch bitte nicht. Ich bin nicht durstig.«

Der Wirt setzt sich zu ihm an den Tisch. »Nun, ich fürchte ich habe eine sehr schlechte Nachricht für Euch, aber um sicher zu gehen, sagt mir erst einmal euren Namen.«

»Ich heiße Josef Fischer. Der Vorname meines Vaters lautet Wilhelm.«

Der Wirt seufzt tief auf. »Dann ist er es also. Ja es stimmt. Euer Vater war wirklich hier und hat seine Erbschaft angetreten. Es ist ihm gelungen, die alte Mühle wieder instand zu setzen. Wie er das alleine geschafft hat, weiß niemand so genau. Deshalb behaupten viele, dass der Teufel dabei seine Hände im Spiel hatte. Jedenfalls, nachdem die Mühle wieder lief, wurde Euer Vater einige Zeit später erdrosselt aufgefunden. Die Leute sagen, dass es der Teufel persönlich war, der Euren Vater mordete, weil dieser den Höllenfürsten angeblich betrogen haben soll. Aber ich sage Euch, wenn es so wäre, so hätte man in dem Lehmboden doch Abdrücke von Pferdefüßen finden müssen und ich kann Euch aus eigener Anschauung bestätigen, da waren keine. So, ob Ihr wollt oder nicht, ich hole Euch jetzt ein Glas Branntwein. Das wird Euch jetzt gut tun.«

Während der Wirt das Getränk besorgt, sitzt Josef apathisch, den Kopf tief gesenkt, am Tisch. Schließlich schüttelt er lange den Kopf. Als der Wirt zurück kehrt, wendet er sich ihm ruckartig zu. »Was ist mit der Mühle ?«

Schon von weitem ist das Rauschen des Wassers aus dem Holzbach, welches das Mühlrad antreibt zu vernehmen. Josef nähert sich dem Anwesen, tief beeindruckt von der Größe des Gebäudes und hält nach der Eingangstür Ausschau. Als er sie erblickt und gerade eintreten will, wird diese aufgestoßen und ein vollbärtiger, noch junger Mann mit einem Sack Mehl auf der Schulter kommt ihm entgegen. Der Mann stutzt kurz, setzt den Sack ab und mustert den Ankömmling misstrauisch. Schließlich fährt er Josef an. »Was willst du hier ? Etwa betteln ? Wir geben nichts. Verschwinde bevor ich dir Beine mache !«

Verunsichert weicht Josef einen Schritt zurück. »Verzeiht mir, aber nicht um zu betteln bin ich gekommen, sondern um meinen Vater zu besuchen, dem diese Mühle gehört. Wer seid Ihr und wie lautet Euer Name ?«

»Ich heiße Peter Welsch und ich bin jetzt hier der Eigentümer. Ich habe die Mühle ordnungsgemäß ersteigert. Euren Vater findet Ihr auf dem Friedhof.«

Josef bemüht sich, sich nicht von diesen Worten beirren zu lassen. »Aber der eigentliche Erbe bin doch ich. Das Recht ist auf meiner Seite.«

Peter Welsch tritt nahe an Josef heran. »Da hättest du früher kommen müssen. Jetzt bin ich der rechtmäßige Besitzer und ich denke nicht daran, sie einfach einem einarmigen Dahergelaufenen zu überlassen. Was soll denn so ein Krüppel, wie du mit einer Mühle machen. Du kannst doch nicht mal einen Sack Mehl heben.«

Josef wird langsam wütend. »Was ich mit der Mühle anfange, geht Euch gar nichts an. Ich werde schon damit fertig werden und ich warne Euch, ich werde mir mein Recht verschaffen.«

Peter Welsch hebt drohend die Faust »Dann geh doch zum Gendarm und jammere ihm was vor. Du wirst schon sehen, er wird dir nicht helfen können. Na los, worauf wartest du denn ?«

Das Zimmer des Gendarmen im ersten Stock des Rathauses ist nur sehr spärlich mit einem Tisch, zwei Stühlen und einem Aktenschrank ausgestattet. Der Boden besteht aus dicken Eichenbohlen. Durch das Fenster hat man einen guten Überblick über den Marktplatz.

Als Josef das Zimmer betritt, sitzt der Gendarm, ein etwa fünfzigjähriger Mann mit einem ausgeprägten Schnurrbart, am Tisch und reinigt eine Pistole. Während Josef sein Anliegen vorträgt, setzt er seine Tätigkeit sorgfältig und konzentriert fort. Schließlich, nachdem Josef geendet hat, legt er das Putztuch beiseite und räuspert sich, während er spielerisch mit der Pistole hantiert.

»Ich habe diesen Fall auf das Sorgfältigste untersucht. Natürlich hat der Teufel seine Hände nicht im Spiel. Das ist nur eine wohlfeile Erklärung für die Heilige Kirche, um rätselhafte Vorgänge zu begründen. Ebenso wenig ist der Täter unter den hiesigen Bürgern zu suchen. Ich bin deshalb zu der Überzeugung gelangt, dass ein Vagabundierender in räuberischer Absicht Euren Vater ermordet hat.«

»Aber der jetzige Müller, er hat doch durch den Tod meines Vaters profitiert.«

»Peter Welsch ist ein völlig unbescholtener Bürger.« Der Gendarm zielt mit seiner Pistole in eine imaginäre Richtung. »Er konnte doch gar nicht wissen, dass er die Mühle bekommen würde.«

»Warum wurde die Mühle denn versteigert ?«

»Nun es gab doch niemanden, der einen rechtlichen Anspruch hatte. Wenn Ihr darauf spekuliert, Eueren angeblichen Erbanspruch durchzusetzen, so kann ich Euch davon nur abraten. Dafür würdet Ihr die Dienste eines Advokaten benötigen mit fraglichem Erfolg und Ihr seht mir nicht wie jemand aus, der über das nötige Geld verfügt, um solch einen Advokaten zu entlohnen.«

Josef fährt sich mit der Hand durchs Haar. »Das Geld, das Geld,« meint er verzweifelt und denkt nach. Dann erhellt sich seine Miene. »Woher hatte denn Peter Welsch das Geld, um die Mühle zu ersteigern ?«

Der Gendarm unterbricht seine spielerische Tätigkeit und sieht Josef kurz prüfend an. »Der hatte bestimmt nicht die nötigen Mittel dazu, aber er könnte sich das Geld geliehen haben. Dafür käme der alte Simon Weinberg in Frage. Als Jude hat er einen Schutzbrief, den er aufgrund seines großen Vermögens erhalten hat. Den könnten wir ja mal fragen.«

»Ja, das Geld stammt von mir.« Der mächtige Bart von Simon Weinberg wirkt sehr beeindruckend auf Josef. Mit bedächtiger, ruhiger Stimme fährt der Jude fort. »Ich habe auch Eueren Vater, junger Mann, finanziell darin unterstützt, die Mühle wieder instand zu setzen. Einen Pakt mit dem Teufel, wie von vielen behauptet wird, hat es nie gegeben.«

»So seid Ihr es gewesen, der meinem Vater geholfen hat.« Josef fühlt sich dankbar und erleichtert.

Der Gendarm ist währenddessen unruhig auf und ab gegangen. Plötzlich bleibt er stehen und wendet sich dem Juden zu. »Diese Hilfe war doch sicherlich nicht völlig uneigennützig?«

Simon Weinberg nickt. »Das stimmt. Selbstverständlich sollte er die Summe nebst Zinsen zurück zahlen.«

»Hat er bereitwillig gezahlt?«

»Nun, ich muss zugeben, er war ein wenig säumig in seinen Verpflichtungen. Aber ich möchte mich nicht beklagen.«

Die Stimme des Gendarmen wird wesentlich eindringlicher. »Gab es da nicht doch eventuell größere Rückstände? Wurde er nicht wegen Säumigkeit zu einer Brüchtenstrafe von 3 Gulden belangt?«

Weinberg windet sich verlegen. »Das stimmt, aber danach war er viel pflichtbewusster. Ich bin ein geduldiger Mensch. Ich hatte keinerlei Veranlassung Rückstände gewaltsam einzutreiben. Man tötet doch keine Kuh, die noch Milch gibt.«

Der Gendarm salutiert kurz. »Dann ist das zunächst alles, was wir von Euch wissen wollen. Gehabt Euch wohl.«

Auf dem Rückweg ist Josef sehr nachdenklich. Er ist sich unschlüssig, wer denn nun wohl letztlich verantwortlich für den Tod seines Vaters ist. Plötzlich kommt ihm eine Idee und er packt den Gendarmen an der Schulter um ihn zum Stehen zu bringen. Der Gendarm wendet sich ihm äußerst unwillig zu. »Was wollt Ihr? Ich muss mich sputen, denn ich habe dem Bürgermeister noch meine Aufwartung zu machen.«

Josef sieht den Gendarmen fest an. »Ich weiß, wie wir den Schuldigen überführen können.«

»Glaubt Ihr denn immer noch, dass es jemand von hier

ist? Ich habe Euch doch gesagt, dass es ein Vagabund gewesen sein muss.«

Josef bleibt von diesem Einwand unbeeindruckt. »Der Täter fühlt sich in Sicherheit, weil es keinen Augenzeugen gibt, der ihn des Mordes bezichtigen kann. Wie wäre es, wenn wir den Anschein erwecken, es gäbe trotzdem einen Zeugen und dieser versucht sein verborgenes Wissen durch Erpressung zu nutzen.«

Der Gendarm zeigt sich skeptisch. »Wie wollt Ihr Euren Plan denn durchführen?«

»Wir lassen den Verdächtigen eine Botschaft zukommen, in der ein geheimes Treffen vereinbart wird. Leistet jemand dieser Einladung Folge, dann gilt seine Schuld als erwiesen.«

Der Gendarm überlegt eine Weile. Dann klopft er Josef auf die Schulter. »Nun gut, wir sollten es zumindest versuchen. Lasst mich das Nötige in die Wege leiten. Wir treffen uns morgen, nach Einbruch der Dämmerung an der Lichtung mit der großen Eiche in der Mitte, kurz vor der Mühle.«

Die Äste der noch fast kahlen Bäume an der Lichtung heben sich nur noch schemenhaft von dem finsteren Abendhimmel ab. Gut verborgen hinter einem Strauch, aber mit gutem Ausblick auf die freie Fläche hocken Josef und der Gendarm. Josef fühlt sich sehr beklommen und der Gendarm wirkt ebenfalls stark angespannt. Immer wieder überprüft der Ordnungshüter, ob seine Pistole auch wirklich geladen ist. Das Knacken eines Zweiges verrät, dass sich jemand der Lichtung nähert. Gebannt versuchen die beiden Wartenden in der Dunkelheit etwas zu erkennen.

»Da.« Josef deutet in die angesprochene Richtung. »Er kommt von der Mühle her.«

Langsam wird eine dunkle Gestalt sichtbar. Es ist Peter Welsch, der Müller. Der Gendarm richtet sich auf und geht mit vorgehaltener Pistole auf die Lichtung, gefolgt von Josef. Etwa zwei Meter vor Peter Welsch bleibt der Gendarm stehen. »Da bist du ja endlich. Das wurde ja auch langsam Zeit.«

Josef ist irritiert. »Wollt Ihr ihn nicht arretieren ? Dass er schuldig ist, ist durch sein Erscheinen doch zweifellos erwiesen. Darin waren wir uns doch einig.«

»Ja gewiss. Er ist der gesuchte Täter. Aber das wusste ich bereits bevor Ihr hier aufgetaucht seid und Eure Nase in Dinge gesteckt habt, die für Euch besser verborgen geblieben wären.« Zu Josefs großer Verblüffung richtet der Gendarm die Pistole auf ihn. »Wie sagte doch unser Jude? Eine Kuh die noch Milch gibt schlachtet man nicht. Statt den Müller zu arretieren, haben wir einen besonderen Kontrakt abgeschlossen. Das wird mir das Alter ein wenig versüßen. Das geht aber nur, wenn Euer Mund für immer schweigt. Das bedeutet für Euch somit jetzt das Ende.«

Viele Jahre später fanden spielende Kinder im Wald einen menschlichen Knochen. Weitere Ausgrabungen förderten ein männliches Skelett, dem der rechte Arm fehlte, ans Tageslicht. Da niemand wusste, um wen es sich dabei handeln konnte, wurden die Überreste namenlos mit den Segnungen der Heiligen Kirche auf dem Friedhof beigesetzt.

Studienzeit

Gute alte Köln – Mindener Eisenbahngesellschaft! Seit 1847 war es durch die Zugverbindung zwischen diesen Städten möglich geworden, innerhalb von wenigen Stunden bequem von Castrop aus über Duisburg und Düsseldorf Köln-Deutz zu erreichen. (In diesem Zusammenhang sei das Buch von Levin Schücking: »Eine Eisenbahnfahrt von Minden nach Köln« sehr empfohlen.) Wie sehr hatte sich das Reisen davor doch zur Plage gestaltet, denn die Fahrt in den nicht zu Unrecht auch »Rippenbrecher« oder »Marterkisten« genannten Postkutschen geriet nicht selten zu einer gewaltigen Tortur, die sich leider wegen der Langsamkeit dieser Vehikel und der zahlreichen Zwischenaufenthalte ziemlich in die Länge zog.

Den Spuren meines Freundes Henry folgend, nahm ich, wie er, ein juristisches Studium in Bonn ins Visier. Eigentlich hätte sich der Sitz der Universität in Köln befinden müssen, weil dort doch wesentlich bessere Voraussetzungen für eine solche Institution vorhanden waren, aber bei der Entscheidung über den Standort hatte Bonn den Vorzug erhalten. Ein Verwandter von Annette von Droste-Hülshoff war nicht unwesentlich mit daran schuld, weil er seinerzeit in einer Petition darauf bestanden hatte, das katholische Köln müsse unbedingt als Gegengewicht gegen das protestantische Berlin etabliert werden, womit er aber das genaue Gegenteil erreichte.

Nichtsdestotrotz quartierte ich mich in Köln bei einem alten Freund meines Vaters, dem Gerichtsrat Wilhelm Kesternich ein. Dieser stark vom Zipperlein (Gicht) geplagte Hagestolz verstand sich vortrefflich darauf das Leben in seiner ganzen Fülle zu genießen, nicht dass er einen ausschweifenden Lebenswandel geführt hätte, aber er verkörperte genau das, was ich mir in meiner Kindheit als Ideal vorgestellt hatte. Er war ein richtiger Bonvivant. Meine Mutter wähnte mich dort erstaunlicherweise bestens aufgehoben. Für ihn war ich immer nur »Min Jong«. Sobald ich mit einem Anliegen an ihn herantrat, nickte er mir freundlich zu, zwinkerte verschwörerisch mit den Augen und meinte: »Na min Jong, wat heste denn för en Frog ? Wo drückt dich denn de Schuh ?«

Viele angesehene Bürger der Stadt gingen bei ihm aus und ein. Obwohl er sich als liberalen Geist sah, mied er doch die Gesellschaft von, wie er sich ausdrückte, Umstürzlern wie Karl Marx, dem damaligen Mitherausgeber der »Neuen Rheinischen Zeitung«, denn jede mögliche Veränderung der bestehenden Verhältnisse löste bei meinem Gastgeber größte Ängste aus.

Ich bin Karl Marx persönlich nie begegnet, aber aus Schilderungen von Menschen, die mit ihm vertraut waren, weiß ich, dass sein Auftreten äußerst rechthaberisch war, keinen Widerspruch duldend zum Inhalt seiner Worte, voll abfertigender Zurückweisung, Sarkasmus und Hohn. Seine Prämisse lautete: Das Sein bestimmt das Bewusstsein. Daraus folgerte er, dass die bestehenden Verhältnisse und hier sah er das Hauptübel im kapitalistischen System, grundlegend verändert werden müssten, um den idealen Menschen hervorzubringen.

Ein ganzes Zeitalter neigte sich dem Ende entgegen, eine Epoche, geprägt durch Sonntagsspaziergänge im Blütenregen des Mai und duftenden Bratäpfeln unter dem Weihnachtsbaum, bedächtig und besinnlich, aber auch bedrohlich brodelnd im aufkeimenden Zorn, eine gärende Unzufriedenheit, vereinzelt aufflackernd wie beim Hambacher Fest. Kaum lässt sich der Unmut der Bürger ermessen, die sich gezwungen sahen, still vergrämt in einem zerrissenen Vaterland ihr Dasein fristen zu müssen in der enttäuschten Hoffnung nach dem Glück von Einheit und Größe. So suchte man das geruhsame private Auskommen im geselligen Beisammensein oder in der Hausmusik. Wie heißt es noch in Goethes Faust?

»Nichts Bessers weiß ich mir an Sonn- und Feiertagen
Als ein Gespräch von Krieg und Kriegsgeschrei,
Wenn hinten, weit in der Türkei
Die Völker aufeinander schlagen.
Man steht am Fenster, trinkt sein Gläschen aus
Dann kehrt man abends froh nach Haus
Und segnet Fried und Friedenszeiten«

Doch schon bald war es mit dieser scheinbaren Idylle vorbei und die Bürger begannen sich gegen die Unterdrückung zu erheben. In den Jahren vor 1848 hatte es Missernten gegeben, was zu einer drastischen Preissteigerung bei Brot und Kartoffeln geführt hatte. Daraufhin hatte es bereits 1847 einige erhebliche Unruhen in der Bevölkerung gegeben aber erst nach den Aufständen in Frankreich im Februar 1848, brach auch in Deutschland der Sturm der Revolution hervor mit dem Ziel eines geeinten Vaterlandes.

In Köln taten sich dabei Leute wie Andreas Gottschalk, ein jüdischer Armenarzt, hervor, der sich zum Fürsprecher seiner Klientel machte. Es kam zu Demonstrationen für ein deutsches Parlament, allgemeines Wahlrecht und Pressefreiheit. Doch diese Versammlungen wurden durch ein Infanterieregiment beendet. Auch eine von den Kölnern gegründete Bürgerwehr musste bald wieder aufgelöst werden.

Doch trotz aller revolutionärer Bewegungen ließen es sich die Kölner nicht nehmen im August 1848 mit großem Aufwand, das Dombaufest zu feiern. Zu diesem Anlass weilte auch König Friedrich Wilhelm IV. der feierlichen Zurschaustellung der Fenstergemälde auf der Südseite bei. Diese waren ein Geschenk Ludwigs I. von Bayern, der aber pikanterweise kurz zuvor wegen der Affäre mit der Tänzerin Lola Montez von seinem Amt hatte zurücktreten müssen.

Genau 600 Jahre zuvor war die feierliche Grundsteinlegung für das gewaltige Bauwerk erfolgt und noch immer war dieses riesige Unterfangen nicht abgeschlossen. Inzwischen hatte sich aber ein Dombauverein gegründet, der eifrig Spenden für den Weiterbau dieses Monuments sakraler Architektur sammelte. Seit 1842 wurde an der Vollendung der zwei noch brach liegenden Haupttürme gearbeitet. Auch das Dachgeschoss wurde durch eine neuartige Eisenkonstruktion gestaltet. Vor wenigen Jahren (1880) konnte endlich die prunkvolle Fertigstellung gefeiert werden.

Henry, dieser umtriebige Geselle, hatte sich bereits vor Ausbruch der Revolution in Berlin niedergelassen, um dort sein Studium fortzuführen. Berlin war der Mittelpunkt der Unruhen geworden und nachdem sich der erste Sturm gelegt hatte, erreichte mich ein Brief meines alten Schulkollegen, aus dem ich hier zitieren möchte:

»Welch ein erhebendes Gefühl ist es doch in dieser Stadt zu weilen. Man promeniert über die Prachtstraße »Unter den Linden« zwischen Opernplatz und Brandenburger Tor, be-

wundert die prunkvollen Bauten und beobachtet die ebenfalls dort wandelnden Menschen oder macht einen Besuch bei den wilden Bären im Zoologischen Garten. Ergreift einen die Müdigkeit, so macht man Station in einem der zahlreichen Kaffeehäuser und genießt die ortsübliche Spezialität, nämlich so genannte Berliner Ballen. Falls man größere Strecken zurücklegen möchte, besteigt man einen Waggon der »Concessionierten Berliner Omnibus Compagnie« und lässt sich in einen der Vororte kutschieren.

Doch hier trifft man auf die Kehrseite der großen Pracht, den Pöbel, beunruhigend in seinem Wesen und nur durch Polizei und Ordnungskräfte zu bändigen. Es sind Menschen, die nichts besitzen und folglich auch nichts zu verlieren haben, ein Bodensatz, dumpf dahinvegetierend ohne die hehren Ziele der Bürgerschaft. Sie sind gezwungen in den zahlreichen neu entstehenden Fabriken für einen Hungerlohn harte Arbeit verrichten zu müssen. Da der Lohn oft nicht reicht, werden auch Kinder zur Arbeit herangezogen, ein unerträglicher Zustand, der so schnell wie möglich zu beseitigen ist. Hier müssen Maßnahmen getroffen werden, um die Rechte dieser Menschen deutlich zu stärken.

Doch nun zu den dramatischen Ereignissen dieser Tage. Schwarz-rot-gold, das sind die Farben, die zur Zeit das Stadtbild prägen. Nachdem es bereits zu mehreren Versammlungen der Bevölkerung, bei denen eine Ausweitung der bürgerlichen Rechte gefordert wurde, gekommen war, sah sich König Friedrich Wilhelm IV: gezwungen in einer Proklamation auf dem Schlossplatz vor 10 000 Menschen umfassende Reformen anzukündigen. Doch unter den Anwesenden entstand eine erhebliche Unruhe aus Unmut wegen des zahlreich anwesenden Militärs. Plötzlich fielen zwei Schüsse. Zunächst breitete sich eine tiefe Stille aus, in der alle wie erstarrt verharrten, doch dann brach eine allgemeine Panik los. Barrikaden wurden errichtet und es kam zu bewaffneten Kämpfen bei denen über 200 Menschen getötet wurden. Der Schlossplatz bot ein Bild des Grauens. Überall lagen Tote und Verwundete. Schüsse peitschten über den Platz und das Schreien und Stöhnen der Verwundeten ging einem durch Mark und Bein.

Einige Tage später wurden die »Märzgefallenen« auf einem eigenen Friedhof beigesetzt.In einem Aufruf »An meine lieben Berliner« und durch den Abzug der Truppen versuchte der König die Gemüter zu beruhigen. Zwei Tage nach den Kämpfen unternahm Friedrich Wilhelm zu Ehren der Gefallenen einen Umritt bei dem er eine schwarzrotgoldene Binde trug. Die Bevölkerung verfolgte dieses Unterfangen in bedrücktem Schweigen. Auch ich vermag meine wechselnden Gefühle kaum in Worte zu fassen. Ich hoffe, Du hattest nicht ähnliche Kämpfe zu erleiden. Wohin wird uns das noch führen?

Gez.

Heinrich Pape

Auch von meiner Mutter erhielt ich einen besorgniserregenden Brief.

Mein lieber Gustav !

Ich hoffe, Du befindest Dich bei guter Gesundheit, was mich betrifft, so ist dieses der Fall. Leider hat vor zwei Wochen eine Kuh Deiner Tante Ziska beim Melken auf den Fuß getreten. Es hat sich eine eitrige Wunde gebildet, die nicht verheilen will, sodass Tante Ziska an dem betreffenden Fuß kein *festes Schuhwerk tragen kann. Dieses Missgeschick hat uns zu dem Entschluss geführt, uns von den Kühen zu trennen. Die jüngste haben wir zu den Brinkforts gegeben. Im Gegenzug erhalten wir jetzt immer die Milch von ihnen. Die anderen beiden Kühe hat Franz zum Abdecker gebracht. Dieses ist mir nicht leicht gefallen und es schmerzt mich sehr aber ich denke, es musste so sein.*

Was Franz betrifft, so wird er leider immer eigenbrötlerischer. Sein körperlicher Zustand verschlechtert sich zusehends. Er ist kaum noch in der Lage fest zuzupacken, weil ihm die Kräfte immer mehr fehlen. Er bewegt sich nur noch schleppend und es ist wirklich bedrückend diesen Verfall mit ansehen zu müssen. Wahrscheinlich werden wir den Acker vor der Stadt aufgeben und verkaufen müssen, aber ich denke, dass ist einfach der Gang der Zeit.

Vorige Woche hat es bei Kempers gegenüber gebrannt. Das Feuer konnte aber schnell gelöscht werden, da alle aus der Nachbarschaft sofort geholfen haben. Die Kinder von Kempers haben vor dem Haus gestanden, aufgereiht wie die Orgelpfeifen und bereits im Nachthemd und haben ängstlich mit weit aufgerissenen Augen auf den Rauch gestarrt, der aus der Dielentür drang. Jedes hielt ein Spielzeug umklammert um wohl wenigstens etwas vor den Flammen zu bewahren, aber das Feuer hat nur schwarze Wände in der Küche hinterlassen.

Sicherlich wird es Dich interessieren, zu erfahren, was sich in dieser weit verbreiteten Sturmzeit in Recklinghausen ereignet hat. Zunächst herrschte hier eine frohe Feststimmung mit der Hoffnung, dass nun endlich die allgemeinen Rechte verbessert würden. Zu Raub oder Plünderungen, wie anderswo, ist es hier Gott sei Dank nicht gekommen. Trotzdem sah sich der Magistrat, voran Bürgermeister Bracht, veranlasst, einen Aufruf zur Bildung einer Bürgerwache zu veröffentlichen. Es

*meldeten sich viele Freiwillige, die mit Steinschlossgewehren
aus den Befreiungskriegen ausgerüstet wurden.*

*Am 1.Mai fand auch hier die Wahl zur preußischen wie
auch zur deutschen Nationalversammlung statt. Gewählt
wurde für die Berliner Abordnung Dr. med. Funcke, sowie
für das Frankfurter Parlament Dr. Junkermann aus Münster.
Schon bald fühlten sich hier alle von Dr. Funcke schlecht in
Berlin vertreten, da er doch zu sehr mit den Royalisten pak-
tierte. Vor seinem Hause machte sich der Unmut der Bürger
in einem fürchterlichen Katzenständchen Luft, was dessen
Frau so sehr erregte, dass sie für einige Tage erkrankte.*

*Es kam auch zur Bildung eines politischen Vereins unter dem
Vorsitz von Wilhelm Bitter, der u. a. darin tätig wurde, dass
er einen Beschwerdebrief an den König persönlich richtete.«*

Soweit die Ausführungen meiner Mutter. Die Revolution
aber bekam bekanntermaßen eine reaktionäre Wende. Im
Dezember 1848 erließ Friedrich Wilhelm IV. ein neues
Wahlgesetz. Am Himmelfahrtstag 1849 kam es, wie auch
in anderen Städten, in Recklinghausen zu einer Protest-
kundgebung dagegen. Diese fand vor dem Rathaus statt.
Der Unmut der Bürger wurde auch dadurch offensichtlich, dass zahlreiche Scheiben bei Regierungsanhängern
eingeworfen wurden. Das Parlament in Frankfurt gelangte
letztlich mehrheitlich zur sogenannten kleindeutschen Lö-
sung und wählte Friedrich Wilhelm IV. zum Kaiser, doch
dieser lehnte die Krone ab.

Für die Bürger Recklinghausens hatte die aktive Teilnahme an der Revolution negative Folgen. Bürgermeister
Bracht wurde des Amtes enthoben. Wilhelm Bitter wurde
der Majestätsbeleidigung schuldig gesprochen und zu drei
Monaten Gefängnis verurteilt. Auch dem Herausgeber des

Wochenblattes Josef Bauer wurde eine Mitverantwortung angelastet. Das Kreisgericht wurde von Recklinghausen nach Dorsten verlegt. So verbreitete sich bald folgender Spruch unter der Bevölkerung.

»Bitter, Bauer und Bracht

Haben das Kreisgericht nach Dorsten gebracht.«

Ach ja, das Studium. Nun es geriet aufgrund der Ereignisse ein wenig in den Hintergrund. Erwähnen möchte ich hier nur, dass ich bei Professor Hugo Hälscher im Bereich Strafrecht mit einem leidlichen Abschluss studiert habe.

Wiedersehen

Verweht, der Sturm der Revolution, enttäuscht, die Hoffnung auf Einheit, Recht und Freiheit, zerstoben der Geist des Liberalismus. »Das ist der Wind der Reaktion«, scholl es einem in Liedern entgegen. Resolut und gründlich machten sich die alten Machthaber daran die Beschlüsse der Frankfurter Nationalversammlung zunichte zu machen. Auf Befehl verwandelte württembergisches Militär bereits im Juni 1849 den Sitzungssaal des Parlaments in ein Trümmerfeld. Damit war die Revolution auch äußerlich sichtbar gescheitert.

Nach meinem Aufenthalt in Köln kam mir Recklinghausen zunächst doch recht klein und provinziell vor, aber die Stadt begann doch zusehends über die alten Grenzen hinaus zu wachsen. Südlich im Bruch siedelten sich viele Neubürger an und vor dem Viehtor hatte man die erste evangelische Kirche errichtet, die 1847 unter dem Namen des Schwedischen Königs im Dreißigjährigen Krieg Gustav Adolf eingeweiht wurde. Der Bau war im Besonderen durch die Initiative des Amtmannes von der Schulenburg zustande gekommen und mit Mitteln des Gustav Adolf Vereins finanziert worden. Zu der Feier erschienen zwar zahlreiche evangelische Repräsentanten, aber der Magistrat und die Mitglieder des Rates waren nicht zugegen, da sie sich offensichtlich durch die Namensgebung der Kirche brüskiert fühlten.

In der Nachbarschaft wurde ich sehr herzlich empfangen, man gratulierte mir zu meinem erfolgreichen Studienabschluss und es wurde mir allseits ein sichtlich großer Respekt entgegengebracht, was mich doch sehr stolz machte. Natürlich versicherte mir jedermann, im Falle eines Rechtsstreites, meine Hilfe als Anwalt in Anspruch zu nehmen. Da ich ja nun in der Lage sei, für meinen Lebensunterhalt selber zu sorgen, wurde mir auch die Erwartung entgegengebracht, dass ich ja nun bald heiraten könne, eine Hoffnung, die mich doch ein wenig belustigte, da mir dazu die passende Kandidatin fehlte. Außerdem benötigte ich zunächst einige Zeit, um mich wieder einigermaßen häuslich einzurichten, wobei mir meine Mutter eine große Hilfe war.

Nachdem dieses erledigt war, machte ich mich eines Morgens auf, um das neu errichtete erste Hospital der Stadt zu besichtigen. Die Neugierde, dieses bedeutende Bauwerk in Augenschein zu nehmen, ließ mich einfach nicht ruhen. Ich erinnere mich noch recht genau an diesen Tag. Ein lebhafter Wind zauselte durch das herbstliche Blattwerk der Bäume und auf den Straßen herrschte trotz dieser ungemütlichen Witterung ein geschäftiges Treiben. Pferdefuhrwerke hielten vor den Werkstätten und Geschäften, während Gehilfen und Gesellen hin und her eilten um die Waren auf und ab zu laden, wobei sie den strengen Blicken der Meister und Ladeninhaber ausgesetzt waren, die ständig lautstark Anweisungen erteilten, was denn nun wo zu lagern sei. Hunde streunten durch die Straßen und versetzten die wartenden Pferde in zusätzliche Unruhe. Vor einer Bäckerei war eine Dienstmagd damit beschäftigt, Laub zusammen zu fegen. Kinder rannten in kleinen Gruppen laut johlend durch die Stadt. Immer wieder traf ich unterwegs auf mir bekannte Personen, sodass ich ständig in kurze Gespräche verwickelt wurde, wodurch sich der Gang zum Hospital doch beträchtlich in die Länge zog.

Schließlich erreichte ich das stattliche Gebäude, welches sich außerhalb der früheren Stadtmauern nur unweit des Steintores befand. Der Bau war durch eine Stiftung des ehemaligen Landesherren Herzog Prosper Ludwig von Arenberg zustande gekommen und mit tatkräftiger Mithilfe der Bevölkerung unter der Leitung des Kaplan Kemna errichtet worden. Er bestand aus zwei Stockwerken mit jeweils 12 Fenstern sowie dem Dachgeschoss und den Giebeln auf der Längsseite zur Straße hin. Gegenüber der bisherigen Versorgung durch mehrere eher grobschlächtig vorgehende Wundärzte stellte diese Einrichtung doch einen erheblichen Fortschritt dar, zumal die Patienten in den ersten Jahren des Bestehens kostenlos gepflegt wurden.

Sofort nach dem Betreten des Inneren fielen mir die große Sauberkeit und ein Geruch nach frischen Kräutern wie sie in der Gesundheitspflege verwendet werden auf. Vorsichtig lugte ich in einen der Säle hinein. In zwei gegenüberliegenden Reihen ruhten die Pflegebedürftigen in ihren Betten. Einige schliefen, andere lagen apathisch vor sich hinstarrend auf ihren Lagerstätten oder wälzten sich unruhig hin und her. Vereinzeltes Husten und Stöhnen erfüllte den Raum. Ein Arzt in einem weißen Kittel durchquerte in Begleitung einer Ordensschwester den Saal, während er ihr Anweisungen erteilte. Nicht weit von mir entfernt war eine Pflegerin damit beschäftigt einem Kranken eine Suppe einzuflößen. Sie kehrte mir den Rücken zu, sodass ich ihr Gesicht nicht sehen konnte. Schließlich beendete sie ihre Tätigkeit, wandte sich mir zu und ich erstarrte. Es war Lisa.

Oft hatte ich an sie gedacht, an unsere Begegnung bei der alten Walkmühle und an die tiefe Enttäuschung, die ich erlitten hatte als ich erkannte, dass ihre Zuneigung anscheinend einem anderen galt. Doch inzwischen waren so viele Jahre vergangen, dass ich deswegen keinen Schmerz mehr empfand. Aber es dauerte doch eine gewisse Zeit, bis ich mich aus meiner Erstarrung lösen und sie begrüßen konnte.

Auf dem Rückweg begleitete Lisa mich ein Stück und sie erzählte mir, dass sie mehrmals pro Woche vormittags im Hospital ein wenig aushelfe. Ihr Vater sei inzwischen verstorben und sie führe die Gastwirtschaft einigermaßen redlich weiter. Die Beziehung zu dem jungen Burschen seinerzeit erwähnte sie mit keinem Wort und ich getraute mich auch nicht sie danach zu fragen. Sie war zu einer wirklich hübschen und begehrenswerten jungen Frau herangewachsen, die eine unbefangene, ansteckend wirkende, Fröhlichkeit ausstrahlte.

Als wir uns trennten dachte ich mit Wehmut, dass nun weiterhin jeder seine eigenen Wege gehen würde, doch diese Annahme erwies sich als falsch. Wir begegneten uns noch weitere Male, zunächst scheinbar rein zufällig, später auf gegenseitige Verabredung hin und es dauerte nicht lange, bis man in der Nachbarschaft munkelte, dass wir beide ein Paar seien. Schließlich erfuhr meine Mutter davon und sie stellte mich zur Rede. Ich versicherte ihr, dass ich nur die besten Absichten hegte, aber sie schien mit dieser Erklärung nicht sonderlich zufrieden zu sein. Es dauerte noch viele Wochen, bis sie sich versöhnlich zeigte und danach stand einer Hochzeit zwischen Lisa und mir nichts mehr im Wege.

In der gesamten Nachbarschaft begann nun ein emsiges Treiben zur Vorbereitung des großen Ereignisses. Unser

Haus wurde aufs Schönste mit Blumenkränzen und Girlanden geschmückt und die fleißigen Helfer mit Pfefferminz und Gerstenbier bewirtet. Ein Nachbar übernahm die wichtige und ehrenvolle Aufgabe des Hochzeitsbitters. Ausgerüstet mit einem blauen Kittel mit Stickereien, einem roten Halstuch und einer schwarzen Mütze, begab er sich auf seinen Rundgang, um die Hochzeitsgäste einzuladen. Dabei sagte er immer den gleichen Spruch auf.

»Maht ink alle nett und fin - doch nich te fin
Brut und Brüdigam wellt gärn de Fiensten sin.«

Anschließend wurde ihm als Dank ein großer Klarer eingeschenkt. Nachdem der wackere Mann seine Aufgabe erfüllt hatte, kehrte er, leicht schwankend aber bester Laune, zurück und ich erwog, ob ich nicht vielleicht auch bei nächster Gelegenheit dieses Amt einmal übernehmen sollte.

Auch das Hochzeitsessen wurde von den Nachbarn mit vorbereitet. Tagelang wurden große runde Stuten und zahllose Kuchen gebacken, Hühner und Enten wurden geschlachtet und riesige Schinken und mächtige Schweinsköpfe geliefert. Nach alter Sitte brachte der Sohn des ersten Nachbarn einen großen Besen, an den ein lebendiger Hahn gebunden war. Dem Federvieh wurde noch ein wenig Schnaps eingeflößt, sodass es die tollsten Kapriolen schlug. Der Hahn sollte an Donar, den Gott der Fruchtbarkeit erinnern und der Besen sollte die Hexen verbannen. Eine Nachbarstochter brachte ein Spinnrad und ein Flachsband dazu, das mit bunten Bändern geschmückt war. Es galt als Opfergabe der Göttin Holda, der Beschützerin der Flachsbauern. Die Trauung selbst fand nur in kleinem familiären Kreis statt. Lisa trug ein Hochzeitskleid aus schwarzem Tuch, dazu ein Spitzenhäubchen mit weißen seidenen Bändern und ich war mit einem langen schwarzen Rock mit silbernen Knöpfen, sowie einem Zylinder ausgestattet. Die meisten Gäste fanden sich erst anschließend im Rathaus ein, da hier genügend Platz für alle war. Ein Nachbar wandte sich bei der Gratulation vertraulich an mich und meinte, dass es besser wäre lieber eine Frau von hier als aus dem Münsterland zur Braut zu haben. Wenn man etwas aus dem Münsterland nehmen könne, so wäre das allerhöchstens eine Kuh. Ich muss wohl ziemlich entsetzt geschaut haben, denn Lisa beugte sich zu mir herüber.

»Was hat er denn gesagt?« erkundigte sie sich besorgt.

»Och, er hat uns nur gratuliert« versuchte ich sie zu beruhigen.

»Aber ich dachte, ich hätte da etwas von einer Kuh oder so ähnliches gehört.«

»Ach so. Ja also…« Ich suchte verzweifelt nach einer glaubwürdigen Erklärung. »Er hat eine neue Kuh aus dem Münsterland und mit der ist er gar nicht so recht zufrieden.« Damit war diese peinliche Situation bereinigt, aber später habe ich doch die ganze Wahrheit erzählt und Lisa musste herzlich lachen.

Das Hochzeitsessen bestand zunächst aus einer fetten Hühnersuppe, dann wurden große Schüsseln mit Braten, gekochtem Schinken, Kartoffeln, Obst und Sauerkraut aufgetragen. Schließlich gab es dicken Reis für den sich einige Gäste eigens einen großen Holzlöffel mitgebracht hatten. Zwar gab es nun eine Pause, um das alles zu verdauen aber nur kurz danach wurde die Bewirtung mit Kaffee und Kuchen fortgesetzt und es gab auch reichlich Bier, Wein und Schnaps, sodass sich die anfangs noch strenge Tischordnung nach und nach auflöste und einer bunten und lärmenden Geselligkeit Raum gab.

Abends trafen noch weitere Gäste ein und es wurde Walzer, Quadrille, Galopp und Polka getanzt. Es wurde allerhand Schabernack betrieben, Lisa wurde zur allgemeinen Erheiterung genötigt sich alte Kleider anziehen und der ganze Frohsinn zog sich bis in den frühen Morgen hinein. Noch Jahre später wurde über die Hochzeit gesprochen und das, denke ich, ist sicherlich der Beweis dafür, dass die Feier allen gut gefallen hatte.

Wanderungen

In den auf unsere Hochzeit folgenden Jahren unternahmen Lisa und ich mehrere Wanderungen, die uns zu einzelnen Orten im Ruhrtal oder in dessen Nähe führten. Zum einen lockte der landschaftliche Reiz dieser Gegend aber auch die historische Bedeutung vieler Orte und die Schönheit zahlreicher Bauwerke übte eine besondere Anziehungskraft auf uns aus.

In den Tälern gab es damals bereits viele Schachtanlagen von deren Schloten hellgrauer Rauch aufstieg. Die geförderte Kohle wurde über Holzschienen zu Magazinen entlang der Ruhr geschafft. Von dort wurde sie auf Lastkähnen, Aakes genannt, die von Treidelpferden gezogen wurden, den Fluss hinauf verschifft. Entlang der Ruhr wurden Korn- und Ölmühlen, Hammerwerke und Schmelzöfen betrieben. Die meisten Bewohner waren im Bergbau beschäftigt. Viele wohnten in kleinen Fachwerkbauten, den sogenannten Kotten oder auch bei den Bauern in kleinen Häuschen, den Backs. Dazwischen befanden sich verschiedene Wege. Da gab es die Not- oder auch Leichenwege auf denen aber auch Hochzeitsgesellschaften gehen durften. Es gab Mühlenwege, die aber nicht mit Fuhrwerken befahren werden durften. Lediglich Packpferde und Esel waren hier erlaubt. Wichtig waren auch die Hut- oder Treibwege für das Vieh.

Das Leben der Kötter war hart und entbehrungsreich. Zu den Kotten gehörten meist eigene Getreidefelder und Gärten. Die Vorratshaltung war für die Bewohner das ganze Jahr hindurch eine sehr aufwändige und intensive Arbeit. Die Vorräte wurden in den Bodenzimmern, den Kabüsken, aufbewahrt. Die Bohnen, Erbsen und Grütze, die in Truhen lagen, mussten gelüftet werden, sollten sie frisch und gut bleiben. An dem Balken, der durch das Kabüsken ging, hingen die für etwaige Krankheitsfälle gesammelten Kräuter und Blumen. Zusätzlich zu dieser Vorratswirtschaft, besaßen die Kötter aber auch 2 oder 3 Schweine.

Eine überaus interessante Station machten wir in Essen, einer traditionsreichen Handelsstadt, die einen rasanten Aufstieg zu einer Bergbau- und Hüttenstadt erfuhr, geprägt in ihrem Anblick aus der Ferne durch weitaus mehr rauchende Schornsteine als Kirchtürme. Dabei stellten einige Zechengebäude wahre Kleinodien in ihrer Erscheinung dar, trotz des profanen Zweckes zu dem sie errichtet worden waren. Erwähnenswert ist hier die Zeche Sälzer und Neuack, deren Gebäude durch zusätzliche Türmchen verziert wurden, sodass man hier ein hochherrschaftliches Anwesen vermutet hätte, wenn nicht durch den etwa dreißig Meter hohen zentralen Schornstein die eigentliche Nutzung des Gebäudekomplexes offenbar geworden wäre.

In einem alten, rauchigen Gasthof mit verschmierten Fensterscheiben legten wir eine Rast ein. Der pausbäckige, blasse Wirt musterte uns zunächst ein wenig misstrauisch, schien dann aber mit dem Ergebnis seiner Begutachtung zufrieden zu sein und führte uns zu einem Tisch an einem Fenster mit Blick auf die Straße. Nachdem wir uns je Eisbein mit Sauerkraut bestellt hatten, erhob sich ein Mann mittleren Alters, der an einem Nachbartisch gesessen hatte, verbeugte sich kurz und stellte sich uns als Adalbert Ascherfeld, technischer Leiter der Firma Krupp, vor. Er leistete uns für etwa eine halbe Stunde anregende Gesellschaft und wusste einige hoch interessante Dinge über den Betrieb und dessen Inhaber zu erzählen.

Alfred Krupp hatte bereits im Alter von 14 Jahren die Leitung der Firma übernehmen müssen und sie inzwischen zu einem beträchtlichen Unternehmen der Schwerindustrie vergrößert. Nicht zuletzt war diese rasante Entwicklung Dank der Erfindung des nahtlosen Radkranzes für Eisenbahnen ermöglicht worden. Außerdem hatte Krupp auf der Weltausstellung im Londoner Glaspalast einen riesigen Gussstahlblock und eine neuartige Kanone aus dem gleichen Material präsentiert, was dem Unternehmer einige Auszeichnungen eingebracht hatte.

Für die Weltausstellung in Paris hatte man einen mehr als doppelt so großen Quader hergestellt, dessen Transport zunächst noch reibungslos erfolgt war. Dann aber war der Transportwagen fast Mitten in Paris vor den Augen der entsetzten Bevölkerung zusammen gebrochen und man musste den Block mit untergelegten Bohlen und Walzen mühsam bis zum Pavillon schieben. Dort erwies sich allerdings der Untergrund als nicht standhaft genug und das Ungetüm brach durch den Boden in den Keller ohne jedoch jemanden zu verletzen. Als Alfred Krupp davon erfuhr erlitt er einen Nervenzusammenbruch. Auch in Paris präsentierte Krupp seine Kanone aus Gussstahl. Die Auszeichnungen für diese beiden Ausstellungsstücke ließen nicht lange auf sich warten, aber die erhofften Bestellungen für solch eine exzellente und überlegene Waffe, wie die Gussstahlkanone blieben aus.

So hatte Krupp schließlich auch versucht den Zar Alexander II. für dieses Produkt seiner Firma zu vereinnahmen, aber nach eingehender mit positivem Ergebnis verlaufener Prüfung eines Exemplars wurde dieses in die Kuriositätenabteilung des Artillerie-Museums der Peter- und Pauls-Festung verbracht, ohne jegliche Bestellung.

Nun könne man sich aber glücklich schätzen, schloss der technische Leiter seine Ausführungen ab, denn Prinz Wilhelm von Preußen habe seinen Besuch angesagt und sein Interesse an der neuen Kanone bekundet. Durch eine umfangreiche Bestellung böten sich der Firma glänzende Zukunftsaussichten. Damit verabschiedete sich Ascherfeld und wünschte uns noch eine gute Reise. Aus meiner heutigen Sicht kann ich sagen, dass sich seine Hoffnungen in höchstem Maße erfüllten.

Vor nicht allzu langer Zeit habe ich eine Karte von Essen und der Firma Krupp gesehen und war sehr beeindruckt, denn das neben Essen liegende Gelände des Unternehmens war mindestens doppelt so groß wie die Stadt. Auf den ersten Blick hätte man die Firma für die eigentliche Stadt halten können.

Isenburg, ein weiterer Ort unserer Ausflüge; allein die Bezeichnung verströmt eine Aura von Düsternis, Kälte und Unheimlichkeit, wobei sich der Name dieser in der Nähe von Hattingen gelegenen ehemaligen Burg mit einem hinterhältigen Mordfall verbindet, welcher das gesamte Heilige Römische Reich Deutscher Nation im Jahre 1225 erschütterte. Vielfach ist dieser Mord bereits besungen und beschrieben worden. Walther von der Vogelweide war wohl der erste, der einige Zeilen dazu verfasste und auch Annette von Droste-Hülshoff hat vor nicht langer Zeit eine Ballade hierzu geschrieben. An dieser Stelle möchte ich auf die Schilderung der damaligen Ereignisse durch Gerhard Löbker in seinen »Wanderungen durch das Ruhrtal« aus dem Jahre 1852 zurückgreifen, da es wohl für viele schwierig sein dürfte diese Ausführungen persönlich in Augenschein zu nehmen.

»Erzbischof Adolph I. von Köln, aus dem Hause der Grafen von Altena und Berge, so ist die gewöhnliche Annahme, erbaute, als er im Stifte Köln nicht sicher war, nebst dem Schlosse Landskrone an der Ahr, gegen Ende des 12. Jahrhunderts auch das Schloss Isenberg und gab dasselbe seinem Bruder Arnold, der von vielen auch irrig Eberhard genannt wird als Lehen. Dieser Arnold hatte einen Sohn Friedrich zu seinem Nachfolger, der eine traurige Berühmtheit erlangt hat. Die Geschichte ist folgende: Als Friedrichs Mutter mit ihm schwanger ging, hatte sie einst einen fürchterlichen Traum, in welchem ihr ein Rabe den Leib aufhacken wollte. Die Traumausleger deuteten denselben auf das unglückliche Ende des Kindes und behielten Recht.

Graf Adolph von Berge hatte eine einzige Tochter Irmgard, welche nachher die Gemahlin Heinrichs, Herzogs von Limburg an der Lahn, wurde. Als Adolph an dem Kreuzzuge teilnahm, übertrug er seinem Bruder Engelbert, dem tatkräftigen Erzbischofe von Köln, welcher sich durch Strenge gegen die Raubritter und um Herstellung des Landfriedens verdient machte, die Regierung des bergischen Landes. Auch Kaiser Friedrich II. hatte ihm während seiner Abwesenheit sowohl die Reichsverwesung als die Erziehung seines Sohnes, des nachmaligen Heinrichs VII., anvertraut. Adolph fiel in dem Treffen bei Damiette in Ägypten. Als nach dessen Tode Engelbert sich weigerte, die

92

Regierung des bergischen Landes seinem Vetter, dem Herzoge Heinrich abzutreten, versuchte dessen Vater, Herzog Walram, ihn durch Waffengewalt zu zwingen, wurde aber geschlagen. Heinrichs Schwester, Margareta von Limburg, war die Gemahlin des Grafen Friedrich von Isenburg, auf den sie höchst wahrscheinlich den Familienhass gegen den Erzbischof übertrug.

Der stolze Friedrich behandelte die Mönche zu Werden und die geistlichen Frauen zu Essen, wo er Schirmvogt war, rau und drückend. Als er schriftliche Ermahnung und Brandrodung nichts achtete, ließ ihn der Erzbischof Engelbert nach Soest laden, wo er ihn öffentlich vor der Versammlung mehrer Bischöfe und Ritter, unter welchen einige nahe Verwandte Friedrichs waren, mit harten Vorwürfen strafte. Dadurch reizte er den stolzen Vetter so sehr, dass derselbe den Entschluss fasste, den Erzbischof zu töten. Als nun auch die Grafen von Arnsberg und Tecklenburg und andere, denen er sein Vorhaben entdeckte, dasselbe billigten, und er sich zudem auf den Grafen von Berge verließ, erkaufte er in Soest 25 Meuchelmörder. Als darauf der Erzbischof seine Reise nach Schwelm antrat, um die dortige Kirche einzuweihen, stellte sich Friedrich sehr freundlich, begleitete ihn auf dem Wege und versicherte ihm, die Streitsache, welche in Soest nicht habe beendigt werden können, in Nürnberg abzutun. Friedrich verabschiedete sich nun vom Erzbischofe, eilte mit seinen Reisigen auf einem anderen Wege voraus und legte sich in einem Hohlwege bei Gevelsberg, auf der Straße von Hagen nach Schwelm, in den Hinterhalt. Hier kam es mit dem heimkehrenden Erzbischofe erst zu harten Worten und dann zur Tätlichkeit. Des Erzbischofs Begleiter nahmen die Flucht und Engelbert fiel an 47 Wunden verblutend.

Als Graf Friedrich mit seinen Leuten davon geritten war, kamen einige von des Erzbischofs Leuten und ließen durch zwei Bauern den entseelten Leichnam auf einen Karren legen und noch in derselben Nacht nach Schwelm fahren, wo er in der Herberge, die zu seiner Bewirtung bestimmt war, niedergesetzt wurde…

Nachdem die Eingeweide beigesetzt waren, nahm der Nachfolger Engelberts die Leiche mit zur Fürstenversammlung nach Nürnberg, wo König Heinrich VII. zugleich seine Vermählung feierte. Hier wurde sie im blutigen Gewande, die abgehauene Hand auf der Brust liegend, öffentlich ausgestellt und machte einen tiefen Eindruck. Die Versammlung der hohen Geistlichkeit und Ritterschaft verurteilte Friedrich zum Tode, und die Versammlung der Geistlichkeit in Mainz belegte ihn und alle seine Mithelfer mit dem Bannfluche.

Viele seiner Freunde waren in Nürnberg zugegen, behaupteten fortwährend seine Unschuld, erboten sich, ihre Behauptung im Kampfe zu erhärten und zogen die Schwerter. Sie wurden aber überstimmt und ihr Anerbieten blieb unbeachtet. Als sie nun zum Saale hinaus zu der hölzernen Treppe des Rathauses stürmten, die schon von einer großen Menschenmasse besetzt und überfüllt war, brach die Treppe zusammen, und 56 Menschen, unter denen 23 Ritter, blieben auf der Stelle tot, außer denen, welche nachher noch in den Herbergen starben.

Nach der Mordtat verwüsteten der Erzbischof Heinrich von Molenark von Köln, Engelberts Nachfolger und Rächer, mit Hilfe des Herzogs von Brabant und der Grafen von Geldern, Jülich, Cleve u.a. die Länder derjenigen, welche an dem Tode Engelberts Schuld waren. Die Schlösser des Grafen Friedrich, Isenburg und Nienbrügge, wurden zerstört und der größte Teil seiner Länder an Adolph von Altena gegeben, der nun das Schloss Blankenstein bezog und den Namen Graf von der Mark annahm. Friedrich hatte drei Monate lang von seiner Feste Isenberg die stürmenden Feinde abgewehrt; da entwich er und die Burg wurde genommen und verbrannt, die Besatzung gehängt. Friedrichs Gemahlin und Kindern wurde freier Abzug gestattet…

Graf Friedrich ging nun mit seinen Brüdern, den Bischöfen von Münster und Osnabrück, nach Rom, um sich beim Papste selbst zu rechtfertigen oder auch vielleicht durch Teilnahme am Kreuzzuge sich von der Strafe zu befreien. Beides gelang ihm nicht. Auf der Rückreise wurde er zwischen Lüttich und Maastricht von dem Ritter Balduin von Gennep aufgefangen und für 2000 Mark Silbers ausgeliefert. Am 10. November 1226 wurde er nach Köln eingebracht und am 14. vor dem Severinstor hingerichtet. Er wurde von unten auf gerädert und zwar mit der rota minor und dann aufs Rad geflochten, doch so, dass er noch einige Tage auf dem Rade lebte. Seine Gemahlin ging unter das Rad und redete mit ihm. Er starb mit vieler Standhaftigkeit ohne Schmerzenslaut und bat die Umstehenden, für seine Seele zu beten.«

Hinzufügen möchte ich noch einige Zeilen aus der Ballade, die Annette von Droste-Hülshoff zum Tode des Erzbischofs Engelbert verfasst hat:

»Der Anger dampft, es kocht die Ruhr,
Im scharfen Ost die Halme pfeifen,
Da trabt es sachte durch die Flur,
Da taucht es auf wie Nebelstreifen,

Da nieder rauscht es in den Fluss,
Und stemmend gen der Wellen Guss
Es fliegt der Bug, die Hufe greifen.«

In der Nähe von Schwerte erweitert sich das Ruhrtal zu einer üppigen Wald- und Wiesenlandschaft. Der Name der Stadt wird vielfach von den Eisenwaren und vornehmlich den Schwertern, die hier gefertigt wurden, hergeleitet. Die Gastfreundschaft der Bewohner ist mir in besonders angenehmer Weise in Erinnerung geblieben.

Wir hatten uns im Halbkreis vor dem munter prasselnden Kaminfeuer eines Wirtshauses versammelt. Neben mir und Lisa bildeten auch noch der Wirt und drei Bürger aus Schwerte eine kleine Gesellschaft, welche die Wärme des Feuers in angeregter Unterhaltung genoss. Der Wirt, ein Mann von etwa fünfzig Jahren mit einem lockigen Haarkranz um seine kahle Stirn und einem ansehnlichen Backenbart hatte uns, berechtigterweise mit Stolz, sein selbstgebrautes Bier serviert, was die allgemeine Stimmung sicherlich noch verbessert hatte. Nach einem klaren aber kalten Oktobertag war die Dunkelheit bereits hereingebrochen und das Gespräch richtete sich nun auf Ereignisse, die sich angeblich hier in dieser Gegend ereignet hatten.

»Na komm, Johann«, sagte der Wirt und blickte auf den Herrn zu meiner Linken, der scheinbar gedankenverloren seine lange Pfeife rauchte. »Jetzt erzähl` doch mal unseren beiden Durchreisenden von dem Knüppelrühen. Sonst glauben unsere Gäste noch, hier gäbe es keine Absonderlichkeiten und das Leben hier wäre öde und leer.«

Der so Angesprochene hob abwehrend und verlegen seine rechte Hand. »Nun es ist zwar so, dass ich hier versuche die Kinder in den verschiedensten Dingen zu unterrichten und da erzähle ich ihnen schon mal die eine oder andere Geschichte, um sie dazu zu bewegen doch recht aufmerksam und artig zu sein, aber ich denke, die Geschichte von dem seltsamen Hund, der einen Knüppel um den Hals trug und die Leute erschreckte, ist nicht dazu angetan erwachsene Menschen besonders zu beeindrucken.«

Für ihn schien diese Erklärung vollkommen ausreichend zu sein, aber er hatte doch die Neugierde von Lisa geweckt. »Es mag zwar nicht angebracht sein es zu fragen, aber warum hatte der Hund, denn einen Knüppel um den Hals?«

Der Dorflehrer lachte kurz auf und verzog den Mund ein wenig. »Ja das ist genau das, was ich Ihnen leider nicht erzählen kann. Das weiß niemand.« Er machte einen tiefen Zug aus seiner Pfeife, lies eine große Rauchwolke nach oben steigen und beugte sich ein wenig zu Lisa herüber. »Doch um nichts in der Welt möchte ich Sie enttäuschen. Es gibt noch eine Reihe von weiteren Geschichten. So soll angeblich vor etwa dreihundert Jahren nicht weit von hier, in Ergste, ein Werwolf sein Unwesen getrieben haben. Da er mit dem Teufel im Bunde war, konnte er verschiedene Gestalten annehmen. Seine bevorzugte Gestalt war die eines Wolfes und so hat er des Nachts bei Vollmond viele Schafe und sogar einige Rinder und Kühe gerissen.«

Hier nun wurde der Jurist in mir wach und ich erkundigte mich. »Hat man denn nicht versucht, ihm das Handwerk zu legen? Gegen die Kräfte des Bösen gibt es doch immer ein Gegenmittel.«

»Ja, das gibt es in der Tat, denn dieses Ungeheuer wurde immer dreister und ist sogar in den Stall eines Bauern eingedrungen, um dort Schafe zu stehlen. Dort haben ihn die beiden Söhne des Bauern gestellt und sie haben geschickt eine Schere und ein Messer so über die Bestie geworfen, dass diese sich kreuzten. Der Werwolf war dadurch gezwungen, seine natürliche Gestalt anzunehmen und er konnte gefasst werden.«

»Dann hat also alles ein gutes Ende genommen und die Leute hatten nichts mehr zu befürchten«, meinte Lisa.

»Ganz so war es nicht, denn die Geschichte geht noch weiter. Zwar hatte man den Werwolf gefasst, doch nun ergab sich die Frage, wie man mit ihm weiter verfahren sollte. Schließlich hat man ihn an Armen und Beinen gefesselt in die Lenne geworfen, um festzustellen, ob er ein Zauberer war. Solange er oben schwamm, galt er als Zauberer, doch dem Unhold gelang es dank der Hilfe des Teufels zu entkommen. So konnte er weiter sein Unwesen treiben und erst viel später wurde er erneut aufgegriffen und auf dem Scheiterhaufen verbrannt. Seine Asche wurde weit entfernt vom Kirchhof begraben und an selbiger Stelle soll es nachts spuken. Ja genau so war das und alle, die über diese Vorkommnisse berichten, schwören Stein und Bein, dass ihre Darstellung natürlich zu hundert Prozent der Wahrheit entspricht und nicht anders verhält es sich mit einer weiteren Geschichte, die allerdings unser Wirt nicht gerne hören mag, denn in dieser Erzählung spielt ein Vertreter seiner Zunft eine nicht gerade löbliche Rolle.«

Der Wirt ließ einen vernehmlichen Seufzer erklingen. »Ich weiß wohl, welche Begebenheit er da meint, aber ich habe auch den Verdacht, dass unser Dorflehrer diese Geschichte immer zu dem Zweck erzählt, mein schlechtes Gewissen zu wecken, sodass ich geneigter gestimmt werde, die nächste Runde auf Kosten des Hauses zu spendieren. Aber ich möchte mich nicht lumpen lassen und gerne in solch angenehmer Gesellschaft dieser Erwartung nachkommen.« Er begab sich zur Theke und begann einige Gläser zu füllen. Der Dorflehrer lehnte sich schmunzelnd in seinem Sessel zurück und reinigte sorgfältig seine Pfeife. Schließlich legte er sie beiseite und begann mit seiner Erzählung.

»Ein Bote, der zwischen Schwerte und Hamm unterwegs war, vertraute all sein Geld einem Wirt an, bei dem er übernachtete. Doch dieser schaffte das Geld für sich beiseite und legte so viel Zinngeschirr in den Geldbeutel, dass vom Gewicht her kein Unterschied zu spüren war. Er klagte den Boten auch noch an, sein Geschirr gestohlen zu haben und der Beklagte wurde daraufhin zum Tode verurteilt. Als der Ärmste nun in seiner Zelle hockte, erschien der Teufel höchstpersönlich und bot ihm seine Hilfe an.

Als nun der Tag der Hinrichtung kam, wurde der arme Bote zum Galgen geführt. Plötzlich näherte sich in rasendem Galopp ein Reiter in einem scharlachroten Mantel. Das war natürlich der Teufel, der eine menschliche Gestalt angenommen hatte. Er behauptete lautstark, der Onkel des Boten zu sein und beteuerte die Unschuld seines angeblichen Neffen. Der Wirt habe seinen Verwandten bestohlen.

Der Wirt rief empört: »Das sind Lügen, der Bote hat mich bestohlen!«

Der Satan trat dicht vor ihn hin. »Soll dich der Teufel holen, wenn du lügst?«

»Dann soll er doch kommen«, erwiderte der Wirt herausfordernd.

Da packte ihn der Teufel und entführte ihn vor Aller Augen. Der Bote aber wurde freigesprochen und er erhielt sein Geld zurück.«

Unser Wirt hatte uns inzwischen mit den Getränken versorgt und wir prosteten uns gegenseitig zu. Lisa beugte sich zu mir herüber und flüsterte mir ins Ohr. »Ich wusste gar nicht, dass der Teufel auch so nett sein kann.«

Bevor ich noch etwas erwidern konnte meldete sich der Dorflehrer, der dieses anscheinend beobachtet hatte noch einmal zu Wort. »Es mag vielleicht etwas verwunderlich erscheinen, dass ein durch und durch verkommenes Subjekt wie der Teufel zu solch guten Taten fähig ist, aber so ist nun mal die Überlieferung und warum sollte nicht auch im Bösen ein Keim des Guten stecken? Oder wie seht Ihr diese Frage, mein lieber Friedrich?«

»Oh, jetzt beginnt unser verehrter Herr Lehrer mal wieder mit dem Philosophieren«, meinte der so Angesprochene und wand sich ein wenig verlegen in seinem Stuhl am linken Ende unserer Runde. »Aber das ist nun kein Grund gleich Reißaus zu nehmen, zumal wir uns ja eigentlich anderen Angelegenheiten widmen wollten. Ich als einfacher Schneidermeister werde mich keineswegs auf einen Disput mit unserem Lehrer einlassen und deshalb lieber eine kleine Geschichte zum Besten geben.

Vor vielen Jahren, mit einer genaueren Zeitangabe kann ich leider nicht dienen, machte ein Nachtwächter aus diesem Ort zwei Schwestern zugleich den Hof, ohne jedoch mit dem Heiraten ernst zu machen. Jede von ihnen forderte ihn zwar mehrmals dazu auf, doch es half nichts. Also taten sie sich zusammen und schworen ihm Rache. Die beiden Schwestern aber waren Hexen. Als der Nachtwächter nun eines Nachts in seinem Bette lag, klopfte es auf einmal an sein Fenster und als er dies geschwind öffnete, fassten ihn die zwei, hoben ihn auf und führten ihn hoch durch die Luft. Erst wollten sie ihn in die Ruhr werfen, nachher besannen sie sich aber und setzten ihn ganz nackend auf einen hohen Baum, wo ihn die Leute am anderen Morgen halbtot auffanden.«

Vor meinem geistigen Auge tauchte hier unser guter alter Franz auf und ich musste daran denken, was er wohl dazu gesagt hätte. »De was doch bloß besuopen.« Ich musste mir größte Mühe geben nicht laut aufzulachen.

Später in der Nacht, als Lisa und ich schon schliefen, wurde ich plötzlich durch ein Geräusch aus dem Schlaf aufgeschreckt. Es klang wie Schritte vor dem Fenster und dann ein schabendes Kratzen an den Fensterläden. Dann schienen die Schritte sich zu entfernen und es wurde wieder völlig still. Vorsichtig erhob ich mich und öffnete die Fensterläden, aber außer einer Katze, die durch das Gras hinter dem Haus schlich, vermochte ich nichts zu erkennen. Lisa, die nun ebenfalls erwacht war meinte: »Das war sicher der Knüppelrühe, der uns erschrecken wollte.«

Ja genau, dieses finstere Geschöpf muss wohl die Geräusche verursacht haben. Jede andere Möglichkeit ist wirklich unvorstellbar.

Die Wilderer

»Haben Sie eigentlich eine Ahnung mit welch einem Gesindel ich es hier tagtäglich zu tun habe?« Richter Kullmann starrte mich aus seinen blassblauen Augen vorwurfsvoll an und natürlich hatte ich in meinem bisherigen Berufsleben eine deutliche Vorstellung davon bekommen, was er meinte, aber sicherlich nicht in dem Umfang, wie der hagere, asketisch wirkende Jurist, der in seinem kargen Büro vor mir stand. Sein Gesicht war mit tiefen Falten überzogen und seine Hände hielt er ständig auf dem Rücken verschränkt, um ihr starkes Zittern zu verbergen.

»Seit dreißig Jahren erlebe ich nichts als diese ewigen Streitigkeiten und Quengeleien und das alles nur um Nichtigkeiten«, fuhr der Richter erregt fort. »Warum kommen diese Leute einfach nicht miteinander aus? Warum müssen sie sich ständig über irgendwelche Kleinigkeiten herumzanken? Und ich soll das dann alles wieder ins Lot bringen. Ich kann dieses dauernde Elend nicht mehr ertragen. Es bringt mich um meinen Seelenfrieden und wissen Sie was, das wird niemals enden. Bis an mein Lebensende wird es mich verfolgen. Das ist mein Schicksal.«

Sein Blick wanderte, unverkennbar traurig und sehnsüchtig, zu einer Flasche Wermut in einem Regal an der Wand. Es war allseits bekannt, dass er sich des öfteren während eines Prozesses plötzlich von seinem Richterstuhl erhob und, ein dringendes persönliches Bedürfnis vorschützend, in sein Büro eilte, um sein Gemüt durch die Einnahme eines kräftigen Schluckes Wermut zu besänftigen.

»Was nun den morgigen Fall betrifft,« Richter Kullmann wandte sich mir wieder zu, »diese zwei Burschen, die Sie da vertreten, das scheinen mir doch wirklich üble Gesellen zu sein, jedenfalls ist mir sowas wie die beiden bisher noch nicht untergekommen. Ich frage mich ernsthaft, wie ich das durchstehen soll.«

»Das sind doch nur zwei bisher völlig unbescholtene Bürger«, versuchte ich den Richter zu beruhigen, aber ich begann mich langsam zu fragen, ob er mit seinen Befürchtungen nicht doch Recht haben könnte.

Am nächsten Tag fand die folgende denkwürdige Verhandlung statt und hier ist der Versuch, sie im Verlauf möglichst originalgetreu wiederzugeben.

Richter:

»Ihr Name ist Karl Brinkhoff. Sie sind wohnhaft Kunibertistraße in Recklinghausen, 38 Jahre alt, verheiratet, Metzgermeister. Sind diese Angaben korrekt?«

Angeklagter:

»Soll ich da jetzt was zu sagen? Ja, also das ist die ganze Wahrheit, also das stimmt so wie Sie gesagt haben.«

Richter:

»Sie sind angeklagt in einem besonders schwerwiegenden Fall von Wilderei, der sich am 15. August dieses Jahres ereignet haben soll. Dabei sollen Sie in einem hier zu verhandelnden Einzelfall sage und schreibe 50 Fasanen auf einmal in Ihre Gewalt gebracht haben. Bekennen Sie sich zu dieser Tat schuldig?«

Angeklagter:

»Ja, aber das waren nicht so viele, eher weniger, höchstens vielleicht 20, oder sagen wir mal 30, mehr bestimmt nicht.«

Richter:

»Na gut, über die genaue Anzahl können wir ja noch verhandeln, aber nun erzählen Sie mal von Anfang an und ich rate Ihnen dringend die volle Wahrheit zu bekennen, denn sonst werden Sie mich mal richtig kennen lernen und ich sage Ihnen, keine Ausreden, mit mir nicht, nicht mit mir. Haben Sie das verstanden?«

Angeklagter:

»Ja… und dann soll…äh möchte ich auch noch sagen, dass ich das ja auch bereue, dass ich das gemacht hab. Also angefangen hat es ja schon mit meinem Vater. Mein Vater, Gott hab ihn selig, war ja ein Meister auf diesem Gebiet. Wir hatten ja nicht viel und da hat er wenigstens dafür gesorgt, das wir immer ordentlich zu essen hatten und das war doch nichts Schlimmes, da hat er doch niemandem geschadet.«

Staatsanwalt:

»So, so, Ihr Vater also, aber war das nicht einer der größten Trott.. äh.. Nichtsnutze weit und breit? Der hat doch zeitlebens nichts Vernünftiges zustande gebracht.«

Angeklagter:

»Oh, da tun Sie ihm aber völlig unrecht. Mein Vater, Gott hab ihn selig, hat es zumindest was die Wilderei betrifft zu einer wahren Meisterschaft gebracht und hat man ihn jemals erwischt? Sehen Sie. Nicht darauf, wofür einen die Leute halten, kommt es an, sondern darauf, was man wirklich leistet. Solange einen alle für einen Trottel halten, kann man doch heimlich wunderbar gewissen Geschäften nachgehen. Oh nein, ich glaube, dass mein Vater in Wirklichkeit eher schlau war.«

Staatsanwalt:

»Und Sie sind jetzt wohl angetreten, es ihm nachzutun. Das bietet sich bei Ihrem Beruf als Metzger doch wunderbar an. Da können Sie doch immer wieder einmal Ihre Kundschaft mit ein paar tollen Angeboten verwöhnen.«

(Hier erfolgte ein deutlicher Einwand meinerseits wegen Unterstellung. Er wurde ausdrücklich zur Kenntnis genommen.)

Richter:

»Warum spielt denn die Vergangenheit Ihres Vaters eine so große Rolle? Könnte man da vielleicht annehmen, dass Sie quasi bei ihm in die Lehre gegangen sind?«

Angeklagter:

»Nö, also so kann man das aber nicht sehen. Allerdings hat er mir kurz vor seinem Tode ein Geheimnis anvertraut.«

(Pause)

Richter:

»Also was ist denn nun!? Sollen wir hier Ratespiele veranstalten? Jetzt sagen Sie schon, was er Ihnen denn so wichtiges mitzuteilen hatte.«

Angeklagter:

»Das war ja fast schon die Summe seines Lebenswerkes, das war eine wirklich bahnbrechende Erkenntnis, wenn die bekannt geworden wäre, Junge, dann wäre aber die Wilderei praktisch, könnte man sagen, neu erfunden worden und zwar hat mein Vater, Gott hab ihn selig, herausgefunden, dass Fasanen ganz wild sind auf Rosinen.«

Richter:

»Jetzt erzählen Sie nicht hier einen solchen Unsinn. Warum soll das denn eine solch weltbewegende Entdeckung sein?«

Angeklagter:

»Ja weil man damit doch überhaupt keinen Krach macht. Wenn man nämlich zu laut ist, dann kommt doch sofort der Förster und was der dann mit einem macht, na das kennen Sie ja, ich mein, da wissen Sie ja bestens Bescheid, da brauchen Sie jetzt nicht so entsetzt zu schauen.«

Staatsanwalt:

»Was mich interessiert, hatten Sie denn von vorneherein die Absicht so viele Fasanen auf einmal zur Strecke zu bringen?«

Angeklagter:

»Das ist ja so, Sie kennen doch auch wahrscheinlich den Förster Hansmann und dann wissen Sie ja auch, was das für einer ist.«

Staatsanwalt:

»Sie, nun seien Sie man bloß vorsichtig. Sonst droht Ihnen noch ein Verfahren wegen übler Nachrede.«

Angeklagter:

»Der Förster hat mich doch dauernd auf dem Kieker gehabt. Da komme ich nur einfach mal zum Spazierengehen in den Wald, schon kam der an und hat mich angeschnauzt, was ich denn da wollte und da hab ich mir gedacht, dem zeig ich`s jetzt aber einmal so richtig und da ist mir eingefallen, was mir mein Vater seinerzeit wegen der Fasanen anvertraut hat. Das hat er ja alles selber durch Versuche an unseren Hühnern herausgefunden. Das haben doch auch alle gesehen, wie er da immer wieder hinter dem Federvieh hinterhergejagt ist. Deshalb haben ihn die Leute ja auch für verrückt gehalten.«

Richter:

»Was hat er denn bei dieser Jagerei für Methoden entwickelt?«

Angeklgter:

»Ja da war ja wie gesagt die Sache mit den Rosinen. So wie mein Vater erzählt hat, kann man die Rosinen in Wasser sehr gut aufweichen und dann piekst man ein kurzes Rosshaar durch die Rosine sodass es an beiden Enden etwas übersteht und wenn ein Fasan das dann herunterschluckt, bleibt der sofort stockstarr stehen und rührt sich nicht mehr von der Stelle und man kann ihn ganz bequem einfangen. Das soll wirklich so gehen, aber ich hab`das nicht ausprobiert. Eine andere Möglichkeit besteht darin, die Rosinen an einem kleinen Haken zu befestigen und den mit einer Schnur zu verbinden. Die braucht man dann nur noch an einem Strauch festzubinden und schon hat man die Fasanen gefangen, aber das ist viel zu laut, denn die Fasanen fangen dann an ganz fürchterlich zu zetern und das alamiert sofort den Förster.«

Staatsanwalt:

»Jetzt erzählen Sie uns hier aber kein Jägerlatein, oder war das jetzt Anglerlatein? Wie haben Sie denn jetzt wirklich die Fasanen zur Strecke gebracht?«

Angeklagter:

»Ja das war eigentlich ganz einfach. Ich habe mir nämlich überlegt, wenn man die Fasanen für einige Zeit betäubt, dann wäre es doch ganz leicht, sie einzufangen. Dazu brauchte ich nur die Rosinen mit einem entsprechenden Mittel zu präparieren. Das habe ich mir beim Apotheker besorgt, aber ich hab´ ihm natürlich nicht erzählt, wofür ich das wirklich gebraucht hab`. Der hat zwar ganz misstrauisch gekuckt, aber er hat mir dann doch etwas gegeben, das wunderbar gewirkt hat.«

Richter:

»So…jetzt hatten Sie also eine gewisse Menge an Fasanen in Ihre Gewalt gebracht. Aber wie haben Sie die denn nun alle auf einmal fortgeschafft? Nur so, mit bloßen Händen lässt sich das doch nicht bewerkstelligen.«

Angeklagter:

»Ja klar, dafür habe ich dann Säcke genommen, zwei Stück, richtig vollgepackt bis oben hin und, Junge, die waren vielleicht schwer. Die hab` ich dann zu dem Willi, also Herrn Schuster, gebracht, weil ich mir gedacht hab`, wenn der Förster merkt, dass da so viele Fasanen auf einmal verschwunden sind, dann wird er sie vielleicht auch bei mir suchen, denn der hat mich ja, wie gesagt, auf dem Kieker.«

Richter:

»Ja dann können Sie sich jetzt erst einmal setzen und ich rufe auf den Mitangeklagten Wilhelm Schuster.«

(2. Angeklagter tritt vor den Richterstuhl, benutzt dabei einen Stock als Gehhilfe)

Richter:

»Sie heißen Wilhelm Schuster, sie wohnen kurz vor der Stadt in der Nähe des Lohtores, sind 45 Jahre alt, Tagelöhner und Witwer. Sind diese Angaben richtig?«

2. Angeklagter:

»Ick mott ja stoan.«

Richter:

»Wir wissen, dass Sie aufgrund Ihrer Verletzung nicht oder nur eingeschränkt sitzen können:«

2. Angeklagter:

»Ick mott ja stoan.«

Richter:

»Ich möchte Sie doch ernsthaft bitten, hier sachdienliche Angaben zu machen. Ihre gesundheitlichen Probleme sind uns hinreichend bekannt.«

2. Angeklagter:

»Ick mott ja stoan.«

Richter:

»Also Himmelherrgottnocheinmal ! Was soll denn dieses Gehabe? Beantworten Sie meine Fragen und reden Sie gefälligst hochdeutsch. Die Verhandlung ist für kurze Zeit unterbrochen.«

(Der Richter erhob sich von seinem Stuhl und eilte zu seinem Büro, wohl um sich seinem Trostspender zu widmen. Ich gestehe, ich bekam Schweißausbrüche bis Richter Kullmann schließlich zurückkehrte.)

Richter:

»Die Verhandlung wird jetzt fortgesetzt. Herr Schuster, ich bitte Sie doch inständig, bitte reißen Sie sich zusammen, um jetzt endlich eine vernünftige Aussage zu machen.«

2.Angeklagter:

»Ich hab` ja jetzt nur noch die Lisbeth, meine Tochter und die hat ja jetzt dat Kleine und der die dat gemacht hat is wech und da muss man dann halt so sehen, wie man klarkommt.«

Staatsanwalt:

»Möchten Sie mit diesen Ausführungen etwa andeuten, dass Sie sich häufiger an solchen Unternehmungen beteiligen?«

2. Angeklagter:

»Wer?... Ich?...eh…nö. Aber ich möchte hier auch sagen,

dass ich doch eigentlich gar nicht beteiligt war. Ich hab`
die Fasanen nicht gefangen, da war ich nicht mit dabei…«

Richter:

»Um das beurteilen zu können, rate ich Ihnen dringend
nun wirklich die Ereignisse genau zu schildern, welche sich
am Morgen nachdem Ihnen Herr Brinkhoff die Fasanen
abgeliefert hatte, vollzogen haben.«

2. Angeklagter:

»Da hab` ich dann als et hell wurde alle Fasanen, die
schliefen ja Gott sei Dank immer noch ganz friedlich, also
die hab` ich in den Kinderwagen gepackt, das ist ja ganz
kolossal, wie viele da reingehen und oben drauf dat Kleine
sodass man die Fasanen nicht sehen konnte. Jou und dann
bin ich damit losgezogen nache Kunibertistraße zum Karl
und das ist dann auch soweit ganz gut gegangen nur kurz
vorm Ziel, da wurde dat Kleine auf einmal ganz unruhig
und hat angefangen zu schreien. Da hab` ich et aus dem
Kinderwagen genommen und die Fasanen wurden auf einmal alle ganz munter und sind aus dem Wagen gekrabbelt
und überall herumgerannt. Dat war ja vielleicht ein Durch-
einander und alle Leute, die da gerad` zufällig waren, die
sind dann hinter den Fasanen hergejagt, um die zu fangen.
Ich glaube, ein paar haben se auch gekriegt, jedenfalls waren dann irgendwann alle Fasanen stiften gegangen dafür
kam dann aber auf einmal der Förster. Da hab` ich mir
gedacht, nix wie wech und hab dat Kleine in den Kinderwagen gepackt und bin dann richtig mit Karacho auf und
davon.«

Richter:

»Hat denn der Förster nicht versucht Sie aufzuhalten?«

2. Angeklagter:

»Der hat wohl irgendwas gerufen, aber ich hab` mir ge-dacht, lass den mal schreien und bin weiter gerannt so schnell et ging mit dem Wagen. Da hat mich dann plötzlich etwas am A… also da hinten rum wat gekniffen, weil der mit seiner Flinte geballert hat, ja und jetzt kann ich nicht mehr richtig sitzen. Ja, so war dat allet.«

Richter:

»Na das reicht ja auch wohl. Dann kommen wir jetzt zur Urteilsverkündung.«

Es mag nun verwundern, dass ich auf diesen Teil der Verhandlung nicht mehr genau eingehe, aber ich hoffe doch auf Verständnis dafür, denn dieses Verfahren blieb auch in meiner weiteren Praxis so außergewöhnlich, sodass es mir nach so vielen Jahren fast schon fraglich erscheint, ob es wirklich stattgefunden hat. So belasse ich es bei dem allgemeinen Hinweis, dass die Angeklagten mit einem milden Urteil doch recht glimpflich davonkamen.

Das Testament

Gibt es eine Vorahnung? Lassen sich besondere Ereignisse, egal ob schrecklicher oder erfreulicher Art, wirklich vorhersagen? Ich für meine Person bezweifle dieses, aber was die überaus leidvollen Erlebnisse betrifft, deren Verlauf ich nun zu Papier bringe, so muss ich eingestehen, dass sie nicht ohne eine gewisse dunkle Vorankündigung eintrafen.

Es war im Jahre 1872 auf der jährlich am Palmsonntag stattfindenden Kirmes, ein wechselhafter, klarer Frühlingstag noch durchsetzt mit einem Hauch von Winterkälte. Wie immer hatte sich allerlei sogenanntes fahrendes Volk eingefunden, Tattervolk, wie wir die von Ort zu Ort ziehenden Gaukler, Händler und Zigeuner verächtlich bezeichneten. Ihre Sprache untereinander war das noch immer weit verbreitete seltsam anmutende Rotwelsch, ein buntes Sammelsurium alter Dialekte aus den verschiedensten Ländern.

Auf dem gesamten Gelände herrschte ein buntes, lärmendes Treiben. Wie es schien, hatten sich fast alle Bürger von Recklinghausen versammelt, um an diesem Fest teilzunehmen. Überall boten Seiltänzer, Feuerfresser und Degenschlucker ihre Künste an. Ein Bänkelsänger trug lautstark die schrecklichsten Moritaten vor, die auf einem großen Wachstuch dargestellt waren.

Die Kinder konnten sich an den Aufführungen eines Kasperletheaters erfreuen und sie taten dies mit großer Begeisterung und reger Beteiligung. Außerdem gab es für sie einige Stände mit Pfeffer- und Lebkuchen, Süßigkeiten und Spielwaren. Ein herrlicher Duft ging von diesen Ständen aus.

Wohl dem, der über angemessene Barschaften verfügte, denn er konnte die verschiedensten Gegenstände erwerben. Es gab Tabakspfeifen, Stöcke, Ledertaschen, Geldbeutel, Hosenträger, Spaten, Harken oder Siebe und auch vorwiegend aus Holz gefertigte Utensilien wie Schüsseln, Eimer, Butterformen und Waschfässer.

Wie stets war auch ein Zinngießer zugegen. Das Zinn wurde in einem Gießkump über einem kleinen Holzkohlenfeuer geschmolzen und sodann in eine entsprechende Form gegossen. Topfbinder löteten Löcher in Kupfer- oder Blechgeschirr wieder zu und waren sich damit der Dankbarkeit ihrer zahlreichen Kundenschaft sicher. Ein schrilles Kreischen übertönte das Handwerk der Scherenschleifer. Mit ihren Werkzeugen, die Spinnrädern glichen, brachten sie die kleinen, runden Schleifsteine in schnelle Rotation und machten so stumpfe Messer wieder brauchbar.

Ein Quacksalber pries gestenreich seine Pülverchen, Pillen und Tinkturen, sowie Salben gegen die verschiedensten Gebrechen an. Er trug einen hohen dunklen schon ein wenig zerbeulten, schiefen Zylinderhut und eine Brille mit runden, dicken Gläsern.

»Hochverehrte Herrschaften, Mesdames et Messieurs! Wer kennt nicht dieses gar fürchterliche Gliederreißen, wenn Sie sich abends nach dem beschwerlichen Tagwerk in Ihrem Lehnstuhl niederlassen. Jawohl, dieses Elend hat nun endlich ein Ende, denn es gibt jetzt eine Linderung Ihrer schlimmen Beschwerden. Nur drei Tropfen dieser Tinktur und Sie fühlen sich wieder wie neugeboren. Gnädige Frau, wenn ich Ihnen einmal…«

Aber die so Angesprochene wandte sich entrüstet ab und entschwand in der Menge. Auch einige andere Zuschauer nutzten die Unterbrechung, um sich anderen Attraktionen zuzuwenden.

Für die Frauen gab es Stände mit schönen Hauben, Tüchern, Spitzen und Litzen sowie Schmuck aus Bernstein, Elfenbein oder bunten Glasperlen. An einem solchen Stand überließ ich Lisa und meine Mutter, die mich begleitet hatten, ihren Besorgungen und machte mich zu einer im Vorhinein auf Plakaten besonders reißerisch angekündigten Sensation auf. Es handelte sich dabei um einen Tanzbären, von dem behauptet wurde, er sei in der Lage, gehorsam seinem Bärenführer folgend, die verschiedensten Kunststücke vorzuführen.

Am Rande des Kirmesgeländes hatte man einen Pflock in die Erde getrieben und den Bären dort so angekettet, dass er noch reichlich Platz hatte sich zu bewegen. Mit deutlichem Abstand standen die Zuschauer in einem dichten Kreis um das Raubtier herum. Der stattliche Bär wanderte unruhig hin und her und stieß immer wieder ein kurzes gereiztes Grollen hervor. Mütter zogen hastig ihre Kinder, die sich zu dicht heran gewagt hatten, zurück, aber der Bär schien sowieso keine Notiz von der ihn umringenden Menge zu nehmen.

Die angekündigte Vorführung verzögerte sich anscheinend noch und nachdem ich einige Zeit lang vergeblich nach dem Bärenführer Ausschau gehalten hatte, begann ich mich zu langweilen. Schließlich wandte ich mich anderen Attraktionen zu und erblickte ein kleines dunkelrotes Zelt, das offensichtlich von Zigeunern aufgeschlagen worden war. Am Eingang stand eine alte Frau mit einem bunten Kopftuch, die bei meinem Anblick sofort auf mich zukam und, immer wieder auf das Zelt deutend, mich ansprach.

»Werter Herr! Kommen Sie, kommen Sie in Zelt. Ich Ihnen sagen Zukunft, Glück, Liebe, Schicksal, gute Zukunft. Kommen Sie.«

»Und was wird es mich kosten?« fragte ich skeptisch.

»Oh, nicht viel, gar nicht viel, guter Herr«, entgegnete sie entrüstet, wobei sie zu lächeln versuchte und dabei ihre nur noch spärlich vorhandenen gelben Zähne entblößte.

Ich halte eigentlich wenig von dieser Art der Zukunftsdeutung und unser inzwischen leider längst verstorbener Franz hätte das Ganze sicherlich nur als elende Schnurrpfeiferei bezeichnet, aber ich fühlte mich doch ein wenig amüsiert beim Anblick dieser alten Vettel und so folgte ich ihr in gespannter Erwartung in das Zelt. Im dämmrigen Inneren befanden sich lediglich ein Tisch mit einer reich verzierten Tischdecke und zwei Stühle. Auf dem Tisch erblickte ich einen kleinen Stapel Karten. Anhand der obersten offenen Karte mit einer Symbolfigur schloss ich, dass es sich wohl um Tarotkarten handelte.

Wir nahmen einander gegenüber Platz und ich wurde aufgefordert die Karten zu nehmen, dann gründlich zu mischen und anschließend verdeckt auf dem Tisch in mehreren Reihen auszulegen.

»Decken Sie jetzt eine Karte auf«, wurde ich von der Zigeunerin angewiesen.

Ich tat dies und überreichte die Karte der Wahrsagerin, die sie nun mit leicht verkniffenem Blick musterte, bevor sie zögernd die Botschaft, welche die Karte vermittelte, kundtat.

»Ah, die Kaiserin; bedeutet offen sein für Schönheit, Liebe, teilen mit anderen.«

Das sagte mir nicht allzu viel und ich muss wohl ziemlich ratlos geblickt haben, denn ich wurde sofort aufgefordert eine zweite Karte aufzudecken.

»Der Mond«, wurde mir dieses Mal erklärt. »Bedeutet letzte Prüfungen vor dem Unbekannten. Sie müssen wachsam sein. Vielleicht Gefahr, aber nicht sicher, auch neue Stärke.«

Bei der nächsten Karte war das dargestellte Symbol offensichtlich ein Turm.

»Bedeutet große Veränderung, Zerstörung, Platz für neues. Seien Sie offen für alles«, verkündete diesmal die Magierin.

Diese eher vagen Andeutungen schienen wirklich keine goldene Zukunft zu verheißen. Also durfte ich noch eine Karte aufdecken, aber zu meinem Schrecken verwies das Symbol bereits beim ersten Anblick auf nichts Gutes, denn es handelte sich um einen frontal dargestellten weißen Ziegenbock mit überlangen Hörnern. Die Art, wie er auf mich wirkte war aggressiv und feindselig. Es war das Symbol des Teufels.

Nachdem ich mich hastig von der Wahrsagerin verabschiedet und meinen Obolus entrichtet hatte, traf ich mich wieder mit Lisa und meiner Mutter, wobei ich krampfhaft meine Beunruhigung zu verbergen suchte. Ein wirklicher Anlass zur Sorge war auch nicht gegeben, denn die Botschaft der letzten Tarotkarte bestand im Wesentlichen nur darin, sich nicht von etwas abhängig zu machen und dadurch seine innere Freiheit zu verlieren, ein durchaus guter Rat, den zu befolgen lohnenswert erschien.

In den folgenden Tagen achtete ich ängstlich auf verdächtige Anzeichen, die womöglich ein kommendes Unheil ankündigten, doch nichts Außergewöhnliches geschah. Die Ostertage verliefen vollkommen harmonisch und wir verbrachten sie zwischen Kirchgang und Festessen. Am ersten Feiertag begaben wir uns abends nach dem Ostereieressen zum Osterfeuer, dem Paoschefüer, bei dem eine Strohpuppe als Judas verbrannt wurde. Dazu wurden feierlich Osterlieder gesungen. Der zweite Ostertag wurde von vielen Junggesellen traditionsgemäß dazu genutzt, den »Gang nach Emmaus« anzutreten, was bedeutete, dass sie mehrere Gastwirtschaften aufsuchten und sich hemmungslos betranken.

Nur wenige Tage später wurde der verhängnisvolle Brief zugestellt. Heinrich, unser Postbote, übergab ihn mir persönlich, nahm seine Schirmmütze ab und wischte sich mit der anderen Hand kurz über die Stirn.

»Aus Dortmund« ,meinte er bedeutungsvoll. »Von einer Dame«, fügte er noch augenzwinkernd hinzu.

Ich bedankte mich bei ihm und nachdem er fortgegangen war, studierte ich aufmerksam den Inhalt des Schreibens. Die Absenderin stellte sich mir als Schwester des Kommerzienrates B. vor. Sie sei eine gute Freundin meiner Tante Adelheid und wende sich auf deren Empfehlung hin in einer dringenden Familienangelegenheit an mich, um meine juristische Hilfe in Anspruch zu nehmen. Da in dieser Causa die größte Diskretion erforderlich sei, habe sie es für das Beste erachtet, einen in Dortmund nicht bekannten Anwalt zu Rate zu ziehen, um keine besondere Aufmerksamkeit zu erregen. Sie erwarte mich am 15. April nachmittags, um die Einzelheiten mit mir persönlich zu besprechen auf dem nur unweit von Dortmund entfernten

Familienanwesen. Es folgte eine genaue Beschreibung des Weges, den ich dorthin zurückzulegen hatte.

Als ich Lisa davon erzählte, fragte sie, ob sie mich dahin begleiten dürfe, aber ich verweigerte dieses energisch. Sichtlich enttäuscht wandte sie sich ab und verließ umgehend, den Tränen nahe, das Zimmer. Natürlich bereute ich meine etwas vorschnelle Entscheidung sofort, aber ich sah keine Möglichkeit, ihr den geäußerten Wunsch doch noch zu gewähren. Stattdessen wollte ich bei passender Gelegenheit durch einen besonderen Gunstbeweis diesen Wermutstropfen beseitigen, etwa durch Blumenschmuck oder dergleichen, aber nicht immer lässt sich solch eine Absicht auch in die Tat umsetzen und so verspürte ich doch ein ziemlich schlechtes Gewissen. Lisa schien sich mit meiner Weigerung abgefunden zu haben, aber ihr Verhalten in den folgenden Tagen wirkte doch etwas reservierter und förmlicher als üblich. Dieses blieb natürlich meiner Mutter nicht verborgen, und sie bedachte uns mit einigen missbilligenden und fragenden Blicken, ohne aber Fragen zu stellen.

So war ich denn am Tag der Abreise eher erleichtert, dieser angespannten Stimmung entrinnen zu können. Da mein Reiseziel nur umständlich durch Nutzung mehrer allgemeiner Verkehrsmittel erreichbar war, bevorzugte ich die Anreise mit eigenem Pferd und Wagen. Ich spannte also Hella vor den Landauer und verabschiedete mich recht hastig. Schnell ging es vorbei an der Eisenbahnhaltestelle und der Gasfabrik in Richtung Castrop. Ein leichter Ostwind wehte und Hella trabte munter mit aufmerksam nach vorn gerichteten Ohren der hellen Morgensonne entgegen. Auf den Feldern links und rechts des Weges kümmerten sich die Bauern um die Frühjahrsbestellung und mühten sich das sprießende Unkraut zu beseitigen. Immer wieder begegneten mir vereinzelte Fuhrwerke mit den verschiedensten Beladungen, sowie einige Kutschen mit mir unbekannten Reisenden. Zum Teil schienen diese tief in Gedanken versunken ihre Umgebung kaum wahrzunehmen, während andere im Vorbeifahren freundlich grüßten.

Das Kirchspiel Castrop war bereits von weitem durch den hoch aufragenden Turm der Lambertuskirche erkennbar. Hier legte ich eine kurze Rast ein und gönnte Hella eine wohlverdiente Pause. Danach ging es weiter, direkt am Haus Goldschmieding vorbei. Dieses alte, zweigeschossige Herrenhaus diente als Sommersitz der Familie von Thomas Mulvany, des Gründers der Zechen Erin, Shamrock und Hibernia. Neben dem Anwesen hatte er eine große Pferderennbahn anlegen lassen, die in den Sommermonaten noch immer als ein beliebter Treffpunkt für die Freunde solcher Wettkampfveranstaltungen dient.

Nach einer ereignislosen Weiterfahrt erreichte ich schließlich am frühen Nachmittag meinen Bestimmungsort. Das weißgetünchte, doppelgeschossige noch sehr neu wirkende Landhaus lag inmitten einer Parkanlage mit zahlreichen Eichen und Buchen. Neben dem Hauptgebäude befand sich eine Stallanlage in der auch verschiedene Geräte und Fuhrwerke ihren Platz fanden. Dorthin lenkte ich mein Gefährt über den mit Kies ausgestreuten Weg. Sofort eilte mir ein Knecht entgegen, um Hella zu versorgen.

Unverzüglich begab ich mich zu der von zwei Säulen flankierten Eingangstür des Anwesens, aber bevor ich noch den Klingelzug betätigen konnte, öffnete ein Hausmädchen die Tür und geleitete mich in einen stilvoll eingerichteten Salon. »Die gnädige Frau kommt gleich«, teilte sie mir freundlich mit, nahm meinen Hut und Mantel entgegen und eilte von dannen.

Durch die zwei Fenster des Salons bot sich mir ein ausgezeichneter Blick auf den Park. Gegenüber an der Wand befand sich eine Sitzgruppe bestehend aus einem Sofa, einem ovalen Tisch davor, sowie mehreren gedrechselten und gepolsterten Stühlen. Zwei leere Kaffeetassen auf dem Tisch deuteten darauf hin, dass ich erwartet wurde. An der Wand hingen einige Porträts auf denen wohl verschiedene Familienmitglieder dargestellt waren. Neben dem Eingang befand sich eine Vitrine mit verschiedenem Geschirr und Nippesfiguren. Auf der anderen Seite des Zimmers brannte schwach ein Kaminfeuer und verbreitete etwas Wärme.

Kaum hatte ich mich überall umgesehen, erschien auch schon die Dame des Hauses. Ihr bleiches, asketisches Gesicht, aus dem mich lebhafte Augen aufmerksam musterten, wurde von ergrautem, lockigem Haar umrahmt. Zum Gehen benutzte sie einen schwarzen, goldverzierten, Spazierstock als Hilfe, obwohl ihre Bewegungen noch recht anmutig wirkten.

»Schön, dass Sie gekommen sind«, begrüßte sie mich nachdem wir Platz genommen hatten. »Ich hoffe, Sie hatten eine angenehme Reise.« Ohne eine Antwort zu erwarten blickte sie in Richtung Tür und rief lautstark: »Hermine! Wo bleibt der Kaffee?« Sie wandte sich mir wieder zu und fuhr in leiserem Tonfall fort: »Ich hoffe, Sie trinken eine Tasse mit. Es ist ja ein ständiges Elend mit diesem Personal. Wenn man sie braucht sind sie verschwunden oder sie sind anscheinend völlig schwerhörig. Ich nehme an, Sie kennen diesen Ärger ebenfalls.«

Ich pflichtete ihr schnellstens bei, obwohl ich nicht die geringsten praktischen Erfahrungen auf diesem Gebiet vorzuweisen hatte. Dieses blieb auch weiterhin mein Geheimnis, denn die Hausherrin nahm ihren Redefluss wieder auf.

»Ich soll Sie grüßen von Ihrer Tante Adelheid. Die Gute hat`s ja nicht leicht mit ihrem Mann. Aber da wissen Sie ja sicherlich bestens Bescheid. Ach da kommt ja endlich der Kaffee.«

Diese Ausführungen waren doch zugegebenermaßen etwas verwirrend, aber ich ließ mir das nicht anmerken und verfolgte still, wie das Hausmädchen eine Kanne Kaffee auf den Tisch stellte.

»Du kannst jetzt gehen. Das weitere übernehme ich.« Die Dame des Hauses griff resolut zu der Kaffeekanne. »Wir möchten jetzt völlig ungestört sein. Ich hoffe, du hast mich verstanden. Falls wir noch etwas brauchen, melde ich mich schon.«

Nachdem das Mädchen gegangen war und wir den Kaffee gekostet hatten, entstand zunächst eine Gesprächspause. Ich wollte mich gerade nach dem genauen Anlass für die Einladung erkundigen, als meine Gastgeberin zögernd und ein wenig verlegen nach Worten suchend endlich auf den Grund zu sprechen kam.

»Ich muss Sie bitten, das, was ich Ihnen mitzuteilen habe, streng vertraulich zu behandeln. Die Ereignisse, von denen ich Ihnen nun berichten werde liegen schon 40 Jahre zurück. Mein Bruder hat, seit er das Unternehmen von unserem Vater übernommen hat, dieses beträchtlich erweitert und zu großer Blüte geführt. Dabei blieb ihm kaum Zeit für andere Dinge. So kam es doch etwas überraschend, als er vor nunmehr 44 Jahren ankündigte, die Tochter eines angesehenen Bankiers heiraten zu wollen. Die Ehe kam auch zustande, erwies sich allerdings als wenig glücklich. Es zeigte sich dass die Interessen der beiden doch völlig unterschiedlich waren. Das soll jetzt kein Vorwurf sein, jedenfalls passten sie einfach nicht zueinander. Trotzdem, vier Jahre nach dem Entschluss zu heiraten, also 1832, erwartete meine Schwägerin ein Kind und man konnte zumindest annehmen, dass die Ehe in dieser Hinsicht zufriedenstellend zu verlaufen schien.«

»Wollen Sie damit andeuten, dass da irgend etwas nicht stimmte mit dieser Schwangerschaft?«

Die Hausherrin nickte heftig. »Ihre Zwischenfrage ist völlig berechtigt. Mein Bruder schien sich gar nicht über das bevorstehende Ereignis zu freuen. Ganz im Gegenteil, er wirkte seltsam bedrückt und als ich ihn mit Fragen bedrängte, offenbarte er schließlich, dass er als Vater des Kindes wohl kaum in Frage kommen könnte. Statt dessen vermutete er als Vater einen geheimen Liebhaber aus unserem unmittelbaren Umfeld. Auf mein Drängen hin, stellte er seine Frau schließlich zur Rede. Dabei gestand sie ein Verhältnis mit unserm Hausarzt.«

»Also war dieser der eigentliche Vater des Kindes. Aber wie wurde denn nun weiter verfahren? Man konnte doch jetzt nicht mehr den Schein waren und das Kind als ehelich anerkennen.«

»Es wäre durchaus möglich gewesen. Aber mein Bruder war dazu keineswegs bereit.« Meine Gastgeberin verließ ruckartig ihrem Sitzplatz und begann im Zimmer auf und ab zu gehen. »Ich bedaure, aber nach all den Jahren erregen mich diese Vorgänge immer noch aufs heftigste. Unser Hausarzt, sein Name ist übrigens Wilhelm Hennigfeld, sorgte dafür, dass die Geburt in aller Heimlichkeit vonstatten ging. Dann erhielt er ein nicht unbeträchtliches Schweigegeld und das Kind wurde in seine Obhut gegeben. Er hat sich unverzüglich in einer anderen Stadt niedergelassen, ich weiß allerdings nicht in welcher und was aus dem Kind wurde, ist mir völlig unbekannt. Die Ehe meines Bruders wurde eher nur noch zum Schein weitergeführt. Meine Schwägerin wurde zunehmend kränklich und verbrachte viele Jahre mit verschiedensten Kuraufenthalten. Zwölf Jahre nach der Geburt des Kindes ist sie dann verstorben.«

Ich erhob mich nun ebenfalls von meinem Stuhl. »Eine wirklich sehr bedauerliche Affäre und ich versichere Ihnen, dass ich es nachvollziehen kann, wie Sie sich jetzt fühlen.«

»Vielen Dank für Ihre Anteilnahme.« Sie blickte mir direkt in die Augen. »Ja diese Ereignisse verfolgen mich nun schon seit so vielen Jahren und da mein Bruder vor einem Jahr verstorben ist, liegt es nun bei mir eine endgültige Regelung zu finden. Ich denke, dem Kind gegenüber ist ein gewisses Unrecht geschehen und ich möchte versuchen es wieder gut zu machen. Da es sowieso höchste Zeit ist den Nachlass zu regeln, halte ich es für richtig auch dem Kind, das ja nun inzwischen ein erwachsener Mann ist, etwas von dem Vermögen zukommen zu lassen. Ich denke dabei an umfangreichen Landbesitz, über den wir verfügen. Aber wie soll ich das bewerkstelligen, wenn ich nicht weiß, was aus dem Jungen geworden ist, ja wie sein Name überhaupt lautet und ob er überhaupt getauft wurde entzieht sich meiner Kenntnis. Deshalb meine Bitte an Sie, versuchen Sie zu ermitteln was mit dem Kind geschehen ist. Dann erst werde ich Gewissheit haben und hoffentlich auch Ruhe finden. Sie können fordern, was Sie wollen, Geld spielt keine Rolle, aber ich bitte Sie inständig, finden Sie das Kind.«

Ich nahm das Angebot an. Zum Teufel, was hätte ich denn sonst tun sollen. Die Aussicht auf ein beträchtliches Honorar war einfach zu verlockend. Außerdem glaubte ich, die an mich gestellte Aufgabe leicht bewältigen zu können. Lisa war der gleichen Ansicht als wir bei einem Spaziergang über meinen Besuch bei der alten Dame sprachen, äußerte aber auch Bedenken.

»Willst du jetzt etwa von Ort zu Ort fahren und überall nachfragen, ob sich dort ein bestimmter Arzt niedergelassen hat? Das kann aber sehr lange dauern und du hast keine Zeit, dich um deine eigentlichen Aufgaben zu kümmern.«

»Das stimmt, aber da wird mir Franz Roters sicherlich sehr behilflich sein können. Als Polizeidiener kann er doch schriftlich eine Anfrage an die umliegenden Städte richten. Ich werde einen entsprechenden Brief formulieren, den er dann nur noch abzuschreiben braucht und zeitgleich in mehreren Exemplaren verschickt. Das wird. so hoffe ich zumindest, nicht allzu lange dauern bis dann die entsprechenden Antwortschreiben eintreffen. Mit etwas Glück erhalten wir so die gewünschten Informationen.«

»Ja, das könnte wirklich so sein, wie du dir das vorstellst aber was wirst du denn machen, wenn das nicht der Fall ist?«

»Deswegen mache ich mir jetzt noch keine Sorgen. Jedenfalls, wenn ich den Auftrag erledigt habe, dachte ich, könnten wir doch mit dem Honorar eine schöne Reise antreten. Wie wäre es, wenn wir nach Köln fahren.«

Lisa klatschte begeistert in die Hände. »Wunderschön, da wollte ich doch immer schon mal hin.«

»Allerdings«, wandte ich ein, »können wir dort nicht lange bleiben.«

»Natürlich.« Lisa wirkte ein wenig ernüchtert. »Das sehe ich ein. Du hast hier ja noch vieles zu erledigen.«

»So war das nicht gemeint. Wir werden nur einen kurzen Aufenthalt in Köln haben, weil wir ja noch weiter fahren und zwar nach Brüssel.«

Lisa sah mich etwas verwirrt an. »Ach ja? Tja, ich habe gehört, dort soll es sehr schön sein.«

»Das habe ich auch gehört. Aber auch dort können wir nicht lange verweilen.«

»Geht die Reise etwa noch weiter? Jetzt mach es bitte nicht so spannend.«

»Nun, wohin könnte uns der Weg denn noch führen? Jetzt überlege mal ein wenig.« Ich muss gestehen, dass ich dieses Ratespiel richtiggehend genoss.

Lisa dachte eine Weile angestrengt nach. »Also, wenn man von Brüssel aus weiterfährt, was kommt denn dann in Frage. Amsterdam, das ist ja eine andere Richtung. Nein,… ach jetzt…aber das kann doch nicht sein.« Sie sah mich fragend an. »Paris? Ist es wirklich Paris?«

Ich blickte sie triumphierend an. »Ah, oui Madame! Aber dort werden wir dann etwas länger bleiben. Also ein paar Tage schon, das sollten wir richtig genießen.«

Lisa umarmte mich heftig. »Ach, Gustav. Also manchmal bist du wirklich umwerfend.«

»Aber Herr Marsten, glauben Sie wirklich, dass ich amtlich genug bin?« Unser Polizeidiener Franz Roters beäugte misstrauisch meinen Briefentwurf, den ich ihm überreicht hatte.

Ich versuchte schnell ihn zu überzeugen. »Aber ich kann doch nicht Bürgermeister Hagemann bitten, Briefe für mich zu verschicken. Die angeschriebenen Verwaltungen werden die Schreiben schon ernst nehmen und auch beantworten. Außerdem werde ich mich ja auch erkenntlich zeigen. Ich denke, eine Kiste Zigarren ist doch eine ausreichende Entschädigung für Ihre Aufwendungen.«

Franz sah mich bittend an. »Das ist aber alleine etwas zu trocken.. Da könnte ich noch gut etwas gebrauchen, um die Kehle anzufeuchten.«

»Ach natürlich, wie konnte ich das nur vergessen. Ein Pülleken Korn bekommen Sie natürlich auch dazu und natürlich den Besten.«

Die Miene des Ordnungshüters hellte sich auf. »Ja das lässt sich doch hören. Dann werde ich das mal alles so machen, wie Sie mir das gesagt haben.«

Es dauerte fast bis Pfingsten, ehe Franz Roters kurz vor Mittag ganz aufgeregt mit der erhofften Nachricht erschien. Völlig außer Atem, weil er sich so beeilt hatte und in der frühsommerlichen Hitze stark schwitzend überreichte er mir stolz einen Brief, den er, mein Einverständnis voraussetzend, bereits geöffnet hatte.

»In Bochum, er hat in Bochum gewohnt und dort eine Praxis betrieben.«

Ich hätte ihn vor Freude umarmen können, aber ich blieb doch eher reserviert. »Hervorragend! Das haben Sie gut gemacht. Da haben Sie sich die Zigarren und den Korn auch redlich verdient.«

»Leider ist der Arzt aber inzwischen verstorben«, wandte Franz ein.

»Trotzdem haben Sie mir aber sehr geholfen«,beruhigte ich ihn.

Mit den Geschenken unter dem Arm machte sich unsere brave Amtsperson zufrieden und munter pfeifend schließlich wieder auf den Rückweg. Ich eilte in die Küche, um Lisa die gute Nachricht zu überbringen.

»In Bochum haben sie jetzt übrigens seit kurzem ein eigenes Orchester«, überraschte sie mich mit ihrem Kommentar dazu. Ich nahm sie in den Arm während ich nach einer passenden Antwort suchte. »Das ist natürlich höchst interessant und vielleicht könnten wir dort auch einmal ins Konzert gehen, aber so leid es mir tut, zur Zeit müssen wir uns das aus dem Kopfe schlagen und a propos, woher weißt du eigentlich immer solche Sachen?«

Lisa lächelte und schwieg.

Sobald wie möglich machte ich mich mit der Eisenbahn auf den Weg nach Bochum, um mich mit dem dortigen Polizeidiener Bernhard Wollbrink zu treffen. Der besagte Amtsinhaber hatte bereits die Siebzig überschritten, wie er mir anvertraute. Er war gerade im Begriff sich auf seinen täglichen Rundgang durch die Stadt zu machen und ich nutzte die Gelegenheit ihn dabei zu begleiten. Unter Bürgermeister Max Greve hatte Bochum einen rasanten Aufstieg erlebt und eine Einwohnerzahl von über 20000 erreicht. Das Wahrzeichen der Stadt war zwar immer noch der hoch aufragende Turm der Propsteikirche St. Peter und Paul aber die wachsende Anzahl von Industrieunternehmen, wie des »Bochumer Vereins«, ein Stahlwerk, begann das Stadtbild zunehmend zu prägen.

Während der Polizeidiener und ich durch die belebten Straßen der Stadt schlenderten, begann dieser zu erzählen, was er über den Arzt Wilhelm Hennigfeld zu berichten wusste..

»Über ihn ist mir eigentlich nichts besonderes bekannt. Ich weiß nur, dass er in der Gerberstraße gewohnt hat, allein. Wir werden gleich an seinem Haus vorbeikommen. Ja und vor fünf Jahren ist ja diese schreckliche Sache passiert.«

Ich blickte ihn erstaunt an. »Was ist denn geschehen?«

Bernhard Wollbrink hüstelte ein wenig verlegen. »Nun, er wurde außerhalb der Stadt in einem Waldgebiet ermordet aufgefunden. Alle Anzeichen deuteten auf einen Raubmord hin. Seine Taschen waren vollkommen leer und er hatte nichts bei sich, auch keine Haustürschlüssel. Aber die Verletzungen, die er aufwies, waren für einen Raubmord viel zu brutal. Er wies über 20 Messerstiche auf, alle von vorne zugefügt. Möglicherweise kannte er den Mörder oder er war mit ihm dort verabredet.«

»Gab es denn Hinweise auf den Täter?«

»Für die Tat gab es natürlich keine Zeugen.« Bernhard Wollbrink deutete auf ein einzelnes mit Stuckarbeiten verziertes, weißgetünchtes, doppelstöckiges Haus. »Hier hat er gewohnt. Was nun die damaligen Vorkommnisse betrifft, so haben Nachbarn in der Nacht bevor die Leiche aufgefunden wurde, durch die Fenster des Hauses seltsame Beobachtungen gemacht. Sie haben gesehen, wie jemand mit einer Laterne sich im Inneren hastig von Zimmer zu Zimmer bewegt hat. Es hat so ausgesehen als habe eine fremde Person nach etwas gesucht. Die Nachbarn waren sich jedenfalls sicher, dass es nicht der Arzt war. Später haben dann Passanten gesehen, wie ein unbekannter Mann in großer Eile das Haus verlassen hat und fortging. Eine genaue Personenbeschreibung liegt aber nicht vor.«

»Wurde die Wohnung denn nachträglich auch von Ihnen in Augenschein genommen?«

»Selbstverständlich, und es herrschte eine große Unordnung, die darauf hindeutete, dass die Wohnung durchsucht worden war und dieses zu einem Zeitpunkt zu dem der Arzt bereits nicht mehr lebte. Möglicherweise hat der Täter nach Bargeld gesucht oder auch nach Dokumenten, die ihn hätten belasten können.«

Ich betrachtete nachdenklich das vor mir stehende, inzwischen offensichtlich wieder bewohnte, Haus des Arztes. »Wissen Sie, der eigentliche Grund, warum ich mit Ihnen reden wollte, ist nicht der Arzt selber. Nein, ich möchte herausfinden, was aus seinem Sohn geworden ist. Er müsste jetzt etwa 40 Jahre alt sein.«

Bernhard Wollbrink machte ein betretenes Gesicht und schüttelte den Kopf. »Von einem Sohn ist mir nichts bekannt und ich denke es gibt auch niemanden, der Ihnen entsprechende Auskunft geben kann.«

In gedrückter Stimmung kehrte ich zurück. Einerseits waren die Ereignisse, von denen ich erfahren hatte, sehr beunruhigend und andererseits stand ich praktisch wieder am Anfang meiner Ermittlungen und wusste nicht, wie ich nun weiter vorgehen sollte. Von den Umständen, unter denen der Arzt ums Leben gekommen war, erzählte ich Lisa nichts. Trotzdem war auch sie sehr enttäuscht und versuchte mich aber wieder aufzumuntern.

»Vielleicht hat der Arzt das Kind bei Angehörigen in Obhut gegeben.«

»Ich habe bisher keinerlei Hinweise auf noch lebende Angehörige gefunden«, wandte ich ein. »Aber man könnte vielleicht Ermittlungen in diese Richtung anstellen«, äußerte ich vage ohne jedoch einen Hoffnungsschimmer zu empfinden.

Lisa unternahm erneut einen Versuch, mich aufzumuntern. »Ich habe auch schon mal gehört, dass in früherer Zeit Kinder, für die man nicht sorgen konnte, heimlich an

Klosterpforten abgelegt wurden. Dann haben die Mönche sie aufgezogen, oder auch in die Obhut von Pflegefamilien gegeben.«

Ich blickte Lisa skeptisch an. »Nach über 40 Jahren ist das nur noch sehr schwer herauszufinden. Immerhin gibt es nicht mehr allzu viele Klöster, die dafür in Frage kämen, denn Anfang des Jahrhunderts wurden fast alle Klöster aufgelöst. Es ist allerdings so, dass ausgerechnet das Augustinerkloster hier in Recklinghausen erst in den dreißiger Jahren aufgehoben wurde. Dabei ist einer aus dem Gesinde, nämlich Peter Viehoff, als Pedell ans Gymnasium gekommen. Den kenne ich noch persönlich und der ist, soweit ich weiß immer noch dort angestellt. An den könnte ich mich direkt wenden und der müsste mir eigentlich Auskunft erteilen können.«

Ohne große Erwartungen begab ich mich am nächsten Morgen zum Petrinum, meiner alten Wirkungsstätte als Schüler. Obwohl seither rund 30 Jahre vergangen waren, hatte sich nur sehr wenig verändert, allerdings Peter Viehoff erschien, als ich ihn traf, doch deutlich gealtert. Tiefe Falten zogen sich von den Mundwinkeln herab, seine Haare waren ergraut und sein Gang wirkte schleppend und unsicher. Überhaupt schien er nicht allzu erfreut, mich wiederzusehen und als ich ihm mein Anliegen vortrug, murmelte er nur verärgert, er könne sich an keinerlei so weit zurückliegende Vorkommnisse erinnern und man müsse folglich in der Bibliothek nachsehen, ob dort irgendwelche Hinweise zu finden seien. Es könne ja sein, auch wenn er dieses für fast ausgeschlossen halte, dass sich dort noch alte Dokumente aus der Klosterzeit befänden. Er nahm einen Schlüs-

sel von einem Haken an der Wand, ergriff eine Petroleumlampe und wir stiegen schweigend eine breite Steintreppe
hinauf, bis wir schließlich zu einer Tür gelangten, hinter
welcher sich die Bibliothek befand.

Als ich das Innere erblickte, ergriff mich doch ein fast
ehrfürchtiges Staunen, denn diese nur für die Lehrerschaft
zur Verfügung stehende Bibliothek war von einem derart
beträchtlichen Umfang, wie ich es nicht für möglich gehalten hatte. Peter Viehoff ließ mich mit der Petroleumlampe
alleine zurück und ich versuchte mich in dieser Ansamm-
lung menschlichen Wissens zurechtzufinden.

Es gab dort eine Abteilung für theologische Literatur mit
vielen Werken zur Kirchengeschichte, sowie zur religiösen
Erbauung, eine für Pädagogik und Schulwesen, mit didak-
tischen Anleitungen, sowie weitere Bereiche für Lateinische
und Griechische Sprache, Altertumskunde und Kunstwis-
senschaft, Naturwissenschaften und Musik. Den größten
Anteil nahmen aber Werkausgaben der Deutschen Literatur,
vorwiegend des 18.Jahrhunderts, ein. Wie gerne hätte ich
mich in eines dieser Bücher vertieft, aber dazu blieb mir
keine Zeit und so wanderte ich ziellos die Regale entlang,
griff immer wieder wahllos zu einem der Folianten, blätterte
ein wenig darin und stellte ihn wieder zurück. Ich weiß nicht,
wie viel Zeit ich auf diese Weise verbrachte, aber schließlich
hatte ich den Bibliotheksraum fast vollständig durchmessen,
bis ich in der hintersten Ecke einen völlig verstaubten Stapel
mit verschiedensten, selbstgefertigten Schriftstücken entdeckte, welche meine ganze Aufmerksamkeit auf sich zogen.

Die Ruhe auf dem Gelsenkirchener Friedhof wurde immer
wieder durch das Gezeter einiger sich balgender Spatzen

unterbrochen. Doch das störte mich kaum, während ich suchend die Gräberreihen entlang wanderte und die Nahmen auf den Grabsteinen und Kreuzen musterte. War dies das Ende meiner Nachforschungen? Ich hatte mich bereits am Ziel gewähnt, als ich die Schriftstücke in der Bibliothek durchsucht hatte und dabei auf eine kleine Chronik des Klosters stieß, deren Entzifferung mir einige Mühe bereitete. Es mag kaum glaublich erscheinen, aber an einem Septembermorgen des Jahres 1832 war tatsächlich ein Kind vor dem Eingangsportal aufgefunden worden mit nichts als den Kleidern am Leib und einem Zettel daran befestigt auf dem nur wenige hastig gekritzelte Zeilen zu finden waren. Der Inhalt lautete wie folgt:

»Sorgen Sie gut für das Kind. Es ist noch nicht getauft. Möge Gott mir vergeben.«

W.H.

Des weiteren war in der Chronik vermerkt, dass man das Kind auf den Namen Franz getauft und in Anbetracht der bevorstehenden Auflösung des Klosters an ein kinderloses Ehepaar nach Gelsenkirchen in Obhut gegeben hatte. Der Familienname war mit Elfring angegeben. Aufgrund dieses Hinweises hatte ich mich umgehend an die Stadtverwaltung in Gelsenkirchen gewandt, um nähere Angaben zu dem Ehepaar zu erhalten. Daraufhin hatte ich die Nachricht bekommen, dass die Familie zwar in Gelsenkirchen gewohnt hatte, aber bei einem Wohnungsbrand im Jahre 1850 ums Leben gekommen war. Ihre Grabstätte befinde sich auf dem dortigen Friedhof. Daraufhin war ich zunächst unschlüssig gewesen, ob ich meiner Auftraggeberin dieses als endgültiges Ergebnis meiner Nachforschungen mitteilen sollte, aber schließlich hatte ich mich entschieden, mir auf dem Friedhof in Gelsenkirchen endgültige Gewissheit zu verschaffen.

Während ich also in getrübter Stimmung trotz des herrlichen Sommerwetters nach dem Grab der Elfrings Ausschau hielt, erblickte ich einen gut fünfzig Jahre alten Mann in schwarzer Kleidung, der an einem frisch ausgehobenen Grab die Ränder mit einer Schaufel glättete. Ich beschloss, ihn um Auskunft zu bitten. Bereits in einiger Entfernung bemerkte er mich, unterbrach seine Tätigkeit, verschränkte die Arme und stützte sich auf die Schaufel, während er mich mit verkniffenem Blick musterte.

»Verzeihen Sie, dass ich Sie bei der Arbeit störe,« sprach ich ihn an. »Aber ich suche das Grab der Eheleute Elfring und ihres Adoptivsohnes. Können Sie mir sagen, wo es sich befindet?«

»Joah«, lautete die Antwort. Der Totengräber betrachtete mich weiterhin unbewegt mit seinen hellblauen Augen.

»Ist es hier in der Nähe?« fragte ich ungeduldig nach.

»Joah.« Der Friedhofsbedienstete deutete auf ein Grab an der gegenüberliegenden Seite des Weges. »Dat is da vorne.«

Insgeheim richtete ich meine Augen verzweifelt gen Himmel ob dieser sparsamen Auskünfte, bedankte mich und inspizierte das vor mir liegende Grab. Ein kleiner schwarzer Grabstein wies mit schon teilweise beschädigten weißen Schriftzügen auf die Eheleute Elfring hin, die im Jahre 1850 auf so grausame Weise ums Leben gekommen waren. Doch etwas daran stimmte mich befremdlich und ich wandte mich wieder dem Arbeiter zu.

»Was ist denn mit dem Stiefsohn, dem Franz? Ist der hier

nicht begraben? Ich sehe keinerlei Inschrift, die auf ihn hindeutet.«

»Nee«, erwiderte der Ausbund an Auskunftsfreudigkeit. »Der liegt da nich.«

»Wo hat der denn seine Ruhestätte?« fragte ich verwirrt. Am liebsten hätte ich diesen sturen Bock mit beiden Händen an den Schultern gepackt und ihn kräftig geschüttelt, um ihn zum Reden zu bringen.

»Dat Grab is da hinten. Der is ja nich gleichzeitig mit den Eltern beerdigt worden.« Der Totengräber legte die Schaufel beiseite, bedeutete mir mit einer Handbewegung ihm zu folgen und setzte sich schwerfällig in Bewegung. Ich folgte ihm einige Reihen weiter zu einem Einzelgrab mit einem schlichten Holzkreuz auf dem lediglich der Name Franz Elfring vermerkt war.

Meine Ratlosigkeit nahm ständig zu. »Warum ist dieses Grab denn später an anderer Stelle angelegt worden?«

Der Friedhofsgärtner kratzte sich am Kopf. »Jouh, dat is schon etwas…äh…merkwürdig.«

Ich verlor nun die Geduld. »Na wunderschön, da sind wir ja einer Meinung. Können Sie mir denn auch sagen, warum das so ist?«

Der Gärtner beugte sich zu mir herüber und meinte in vertraulichem Ton. »Dat Grab is leer. Die Leiche von dem jungen Mann is nie gefunden worden.«

»Aber warum hat man denn später ein eigenes Grab für ihn anlegen lassen. Wer hat das denn veranlasst?«

Der wackere Bedienstete blickte sich um, als würde er ungebetene Zuhörer fürchten. »Da war vor ein paar Jahren ein junger Mann da. Den hab` ich vorher noch nie gesehen. Der wollte den Franz für tot erklären lassen.«

Allmählich begann ich zu begreifen. »Also ist das Grab auf dessen Veranlassung angelegt worden.«

»Ja genau und der hat dat auch alles ordentlich bezahlt, obwohl man ihm gar nicht ansah, dat der sich dat leisten konnte.«

»Hat er seinen Namen genannt?« fragte ich hoffnungsvoll.

»Nöh, dat hat er nich. Aber bei der Friedhofsverwaltung, die müssten dat eigentlich wissen.«

»Dann sagen Sie, wo sich die befindet und hier,« ich kramte meine Geldbörse hervor, »haben Sie ein kleines Trinkgeld für Ihre Auskünfte.«

Überrascht und dankbar nahm der Totengräber ein Geldstück entgegen und erklärte mir bereitwillig, welchen Weg ich zu nehmen hatte.

Es war nicht schwer die Identität des fremden jungen Mannes bei der Friedhofsverwaltung in Erfahrung zu bringen. Es handelte sich um einen Tagelöhner aus Dorsten namens Adolf Schultz. Man hatte die Anlegung des Grabes zwar gestattet, gleichzeitig aber eine offizielle Todeserklärung von Franz Elfring verweigert. Somit war auch eine Kirchliche Weihung des Grabes unterlassen worden.

Auf dem Heimweg plagten mich schreckliche Gedanken. Wenn Franz Elfring den Brand überlebt hatte, warum hatte er sich dann heimlich davongemacht? Hatte er vielleicht sogar den Brand selber gelegt, um so für tot gehalten zu werden? Wenn das der Fall war, dann hatte er bestimmt eine neue Identität angenommen und war unter seinem bisherigen Namen nicht mehr auffindbar. War er womöglich in zwielichtige Geschäfte verwickelt? Diese Fragen quälten mich unterwegs und auch noch darüber hinaus aber ich wusste, es gab jemanden, der in der Lage war sie zu beantworten, Adolf Schultz.

»Dann befindest du dich ja in großer Gefahr«, ereiferte sich Lisa. Die Hände auf die Hüften gestemmt blickte sie mich zornig an. »Das ist doch wirklich verrückt. Da willst du jemandem eine gute Nachricht überbringen und musst dabei um dein Leben fürchten.«

Wir befanden uns zwar alleine in der Küche und niemand störte unser vertrautes Gespräch, aber trotzdem war mir nicht gerade angenehm zumute. »Das ist doch nun völlig übertrieben«, versuchte ich Lisa zu beruhigen, während ich es insgeheim bereits bereute, ihr meine neuen Erkenntnisse anvertraut zu haben. »vielleicht gibt es ja für alles eine ganz harmlose Erklärung.«

»Das nennst du harmlos. Da hast du es mit Leuten zu tun, die offensichtlich in kriminelle Machenschaften verwickelt sind, die sogar für den Tod von Menschen verantwortlich sein könnten und du willst denen auch noch als Belohnung dafür eine großzügige Erbschaft anbieten?«

»Jetzt gehst du aber entschieden zu weit. Ich handle ja nur im Auftrag einer alten Dame, die es ja auch nur gut meint. Ach… Lisa. Ich bitte dich. Natürlich ist mir auch nicht ganz wohl dabei. Aber ich brauche unbedingt Klarheit über die genauen Umstände. Erst wenn ich Gewissheit habe, kann ich entscheiden, wie zu verfahren ist und deshalb muss ich mit Adolf Schultz reden.«

»Das kommt auf keinen Fall in Frage. Das ist viel zu gefährlich. Das werde ich nicht dulden.« Lisa verschränkte die Arme und wandte sich brüsk ab.

So viel Ablehnung hatte ich nicht erwartet. »Na gut. Gib mir etwas Bedenkzeit«, lenkte ich ein, aber insgeheim war mein Entschluss schon gefasst, weitere Nachforschungen anzustellen, ohne Lisa ins Vertrauen zu ziehen. Wenn ich in Gefahr war, dann war sie es als Mitwisserin auch. Eine unbändige Neugier, zu erfahren, was es mit diesen geheimnisvollen Vorgängen um den gesuchten Erben auf sich hatte trieb mich an, ließ mir keine Ruhe und beschäftigte mich unablässig in meinen Gedanken. Vernünftigerweise hätte ich meine Nachforschungen beenden sollen, denn ich ahnte nicht annähernd, wie Unheil bringend sie noch enden würden.

Ein direktes Treffen mit Adolf Schultz ohne jegliche Vorankündigung erschien mir nicht angemessen. Deshalb beschloss ich nach einigen Überlegungen, ihm einen Brief zu schreiben, in dem ich ihm mitteilte, dass ich ihn dringend zu sprechen wünschte. Es handele sich um die Frage, warum er in Gelsenkirchen ein leeres Grab habe anlegen lassen. Als Treffpunkt schlug ich eine bekannte Dorstener Gastwirtschaft vor an einem bestimmten Sonntag kurz vor Mittag. Um bei Lisa keinen Verdacht zu erregen erklärte ich ihr, dass ich bei einem Klienten in Marl an diesen Tag einen dringenden Termin hätte, der sich auf keinen Fall irgendwie aufschieben ließe. Es handele sich dabei um eine üble Streitigkeit unter Nachbarn, die nur noch juristisch zu bereinigen sei. Als ich Lisa dieses eröffnete hatte ich den Eindruck, dass sie es zwar mit einer gewissen Unwilligkeit aufnahm, meinen Ausführungen jedoch Glauben schenkte.

Also machte ich mich am besagten Tag mit zwiespältigen Gefühlen auf den Weg nach Dorsten. Das als Treffpunkt avisierte Wirtshaus befand sich am Marktplatz in der Nähe der St. Agatha Kirche. Es herrschte einige Betriebsamkeit, als ich das schmucke Gebäude betrat. Die kurze Zeit zwischen Kirchgang und Mittagessen wurde von vielen Männern dazu genutzt, um bei einem Glas Bier über die verschiedensten Neuigkeiten und Vorkommnisse zu reden. Ein lebhaftes Stimmengewirr und Gläserklirren sowie das gelegentliche Scharren und Poltern, von Stühlen auf dem Bretterfußboden erfüllte den mit beißenden Rauchschwaden überzogenen Schankraum. Meine Ankunft wurde kaum beachtet. Da alle Tische besetzt waren, begab ich mich direkt zur Theke und bestellte ein großes Glas Bier bei dem angespannt dreinblickenden Wirt, der geschäftig, fast hastig bemüht war die Wünsche seiner Gäste schnellstmöglich zufriedenstellend zu erfüllen. Neben mir lehnten sich zwei junge Burschen in schlichten schwarzen Anzügen und weißen Hemden mit hohen Kragen lässig an die Theke und unterhielten sich angeregt.

»Sag mal, Antek, haste schon gehört, in Essen streiken die Bergleute« ,meinte der direkt neben mir stehende.

Der andere der beiden stellte sein Glas auf die Theke und beugte sich ein wenig zu seinem Kumpel herüber. »Eh, Mann, ehrlich? Dat hat et doch noch nie gegeben. Wofür streiken die denn?«

»Die wollen 25% Lohnerhöhung und eine Verkürzung der Arbeitszeit auf 8 Stunden täglich erreichen. Kannst du dir dat vorstellen? Dat kriegen die doch nie durch.«

»Wieso meinst du dat? Lass die mal ne zeitlang streiken, dann werden diese Herrn Bergwerksdirektoren schon weich. Die haben doch keinen Arsch in der Hose. Dat sind doch allet Krückmänner.«

»Aber dat mit den Forderungen, dat geht nich so. Dat is doch viel zu viel auf einmal. Lohnerhöhung und Arbeitszeitverkürzung gleichzeitig dat bedeutet ja, dat die Lohnkosten steigen und noch neue Leute eingestellt werden müssen. Da machen die Direktoren nich mit, dat wirste schon sehen.«

Jemand legte von hinten die Hand auf meine Schulter. Ich fuhr erschreckt herum und erblickte einen etwa dreißigjährigen Mann mit dunklen lockigen Haar und langen Koteletten. Er verschränkte die Arme vor der Brust und sah mich, den Kopf auf die Seite gelegt, herausfordernd an.

»Sagen Sie mal, sind Sie der Rechtsverdreher, der sich unaufgefordert in meine Angelegenheiten mischt?«

Ich versuchte Haltung zu bewahren. »Nun, in der Tat, falls Sie Adolf Schultz sind, so möchte ich mich lediglich mit Ihnen in einer äußerst wichtigen Angelegenheit unterhalten.«

»So, meinen Sie. Aber jetzt hören Sie mal gut zu, Sie Schlawiner. Sie mögen ja wohl studiert haben und sich in rechtlichen Dingen gut auskennen. Aber das gibt Ihnen noch lange nicht das Recht hier herumzuschnüffeln und Dinge auszugraben, die Sie nichts angehen. Was soll diese ganze Heimlichtuerei von wegen guter Nachrichten denn nun eigentlich bedeuten?«

»Das kann ich alles ganz genau erklären«, versuchte ich diesen unausstehlichen Zeitgenossen zu besänftigen. »Sie haben dieses Grab in Gelsenkirchen doch seinerzeit offensichtlich im Auftrag einer anderen Person anlegen lassen. Oder haben Sie Franz Elfring etwa persönlich gekannt?«

Adolf Schultz zeigte keinerlei Reaktion.

»Sehen Sie«, fuhr ich fort. »Und für diesen Auftraggeber habe ich eine wichtige Nachricht, die ich ihm nur persönlich überbringen kann.«

Ich wartete einige Augenblicke ab, ob diese Ausführungen den erhofften Eindruck bei meinem Kontrahenten erzeugt hatten und tatsächlich wirkte Adolf Schultz ein wenig beruhigt.

»Na schön, was Sie sagen stimmt schon. Es war wirklich nicht meine Idee, das Grab anlegen zu lassen.« Sein Blick bekam etwas lauerndes, als hege er Hintergedanken. »Bei meinem Auftraggeber handelt es sich um eine angesehene Persönlichkeit, die unbedingt anonym bleiben will. Ich habe bereits mit ihm Kontakt aufgenommen und er lässt Ihnen ausrichten, dass er Ihnen bei einem bestimmten verlassenen Bauernhof in der Haard für Fragen zur Verfügung stehen wird. Er geht davon aus, dass Sie allergrößte Diskretion walten lassen.«

Ich erklärte mich einverstanden.

»Na schön«, meinte Adolf Schultz befriedigt. »Mein Auftraggeber wird Sie bereits morgen um 3 Uhr Nachmittags bei dem besagten Gehöft erwarten. Ich werde Ihnen noch genau erklären, wo es sich befindet.« Er hob einen Zeigefinger in die Höhe. »Damit Sie den Weg auch ganz genau finden«, fügte er höhnisch grinsend hinzu.

Schon seit einigen Jahren hatte man damit begonnen, das ausgedehnte, hügelige Heidegebiet der Haard aufzuforsten, aber nicht so sehr Eichen oder Buchen, sondern Nadelbäume bildeten den Hauptbestandteil der vielfältigen Vegetation, denn Kiefern und Fichten waren als wertvolles Grubenholz sehr begehrt.

Adolf Schultz hatte mich angewiesen bei dem Anwesen des Grafen von Nesselrode an der Straße zwischen Recklinghausen und Haltern rechts in den gegenüberliegenden Waldweg einzubiegen und diesem ein beträchtliches Stück zu folgen. Behutsam lenkte ich Hella mitsamt dem Coupe über den steinigen, schnurgeraden Weg und hielt nach einer von dem zwielichtigen Helfershelfer angekündigten Markierung Ausschau, welche mir die weitere Richtung weisen sollte. Ich hatte mich heimlich davongemacht, um keine Lügen über meine Abwesenheit verbreiten zu müssen und keinen Verdacht zu erregen, entgegen meiner Zusicherung, meinen Auftrag nicht weiter zu verfolgen. Ein törichtes Verhalten, wie sich noch herausstellen sollte.

Der Boden seitlich des Pfades war überwuchert mit den verschiedensten Pflanzen, die zu dieser Zeit teilweise in voller Blüte standen. Farnkraut mischte sich mit Ansammlungen an Schafgarbe, Fingerhut und Dost, Brennnesseln und Kugeldisteln, ein Farbenteppich, beschattet durch den dichten Baumbestand. Daneben wucherten imposante Brombeersträucher, deren Früchte bereits zu reifen begonnen hatten.

Die Tiere des Waldes hielten sich verborgen und ebenso bemerkte ich keine Menschenseele. Für ein heimliches Treffen waren diese Gegebenheiten sicherlich eine willkommene Voraussetzung, allerdings war mir alles andere als wohl zumute. Würde der geheimnisvolle Erbschaftskandidat meinen Ausführungen überhaupt Glauben schenken? Falls er sich durch meine Nachforschungen bedroht sähe, wäre hier in dieser Abgeschiedenheit eine gute Gelegenheit gegeben, sich meiner zu entledigen. Unruhig rutschte ich auf dem Sitz des Coupes hin und her, während Hella unbefangen dem steinigen Weg folgte.

Am rechten Wegesrand erblickte ich schließlich einen schlichten Holzpfahl mit einem länglichen kleinen Brett. Jemand hatte, wohl mit Kohle, einen Pfeil darauf gezeichnet, der in Richtung auf einen schmalen, teilweise von Gras überwucherten Pfad deutete. Das musste der angekündigte Hinweis auf den vereinbarten Treffpunkt sein.

Die Stauden und Sträucher an den Rändern wucherten so dicht, dass ich mit dem Coupe kaum passieren konnte. Schließlich eröffnete sich vor mir eine Lichtung mit dem gesuchten Haus in der Mitte. Es bot einen trostlosen und bejammernswerten Anblick dar. Seit Jahren hatte bestimmt niemand mehr diese verfallene Hütte betreten. Die kleine mit Kopfsteinpflaster angelegte Fläche vor der verwitterten Giebeltür war mit Gras und Unkraut überwachsen. Ein Dachbalken war eingeknickt und das gesamte mit teilweise löcherigen Ziegeln gedeckte Dach drohte einzustürzen. Links neben der Giebeltür befand sich ein kleiner Brunnen mit einer rostigen Pumpe. Dies war ein geeigneter Platz, um Hellas Zügel dort zu befestigen. Ein Blick auf meine Uhr zeigte mir, dass ich noch vor dem vereinbarten Zeitpunkt angelangt war und so beschloss ich, da ich mich allein wähnte, noch ein wenig umzusehen.

Auf der rechten Längsseite des Gebäudes befand sich ein kleiner verwilderter Garten mit einem Birnbaum, an dem nur wenige runzlige Früchte heranreiften. Eine nahezu vollkommene Stille umgab mich, nur das Rascheln von Pflanzen, wenn ich diese streifte, war zu vernehmen. Kein Lufthauch regte sich. Schmetterlinge gaukelten in der trägen Nachmittagssonne. Fast schien es, als habe sich die Natur zur Ruhe begeben und warte auf irgend etwas, unergründlich, schläfrig und friedlich. Immerhin, ein Eichhörnchen huschte flink durch das Geäst einer Eiche, hielt dann kurz inne und sah mich an, um dann den Stamm hinauf im oberen Blattwerk zu verschwinden.

Nachdem ich den kleinen Rundgang beendet hatte, sah ich wieder auf meine Uhr und stellte fest, dass der vereinbarte Zeitpunkt inzwischen verstrichen war. Ein wenig verärgert wandte ich mich wieder der großen Giebeltür zu. Spinnennetze mit toten Fliegen umrankten das mit einem verblichenen grünen Anstrich versehene Holz. Auf dem Boden kroch eine schwarze, stachelige Raupe. Ich bückte mich, um sie näher zu betrachten. Irgend etwas zischte über mich hinweg und schlug in die Tür ein. Als ich mich überrascht aufrichtete, erblickte ich voller Entsetzen einen kurzen Pfeil, welcher sich in das Holz gebohrt hatte, der Bolzen einer Armbrust. Schnell schaute ich in die entgegengesetzte Richtung und gewahrte den Schützen, halb verdeckt hinter einem Gebüsch und hastig bemüht, die Armbrust erneut zu spannen. Es war Adolf Schultz, der mich an diesen Ort gelockt hatte und nun versuchte mich umzubringen.

Es dauerte nur wenige Augenblicke bis ich begriffen hatte in welcher Gefahr ich mich befand, aber dann begann ich in panischer Angst zu rennen, ohne auf die Richtung zu achten, nur fort, weg von dieser Stätte der Gefahr.

Ich lief um mein Leben. Heftig mit den Armen rudernd kämpfte ich mich durch das dichte Geflecht aus Stauden und Unterholz. Die Dornen der Brombeersträucher schrammten meine Kleidung auf und Zweige schlugen mir ins Gesicht, aber ich hetzte dessen ungeachtet durch das Gestrüpp in rasender Angst vor weiteren Attacken des perfiden Helfers. Erst nach einer geraumen Weile hielt ich schwer atmend inne und blickte mich nach dem Unhold um, doch ich vermochte ihn nirgends auszumachen.

Schnell setzte ich meine Flucht fort. Noch immer achtete ich nicht auf die Richtung, in die ich mich bewegte. Einige Male stolperte ich, schlug der Länge nach hin und raffte mich dann hastig wieder hoch. Völlig außer Atem stieß ich schließlich auf einen schmalen Weg, dem ich eine Zeit lang folgte. Nach einer Weile öffnete sich der Wald zu einer länglichen rechteckigen Schonung, auf der einzelne lila

Blüten von Eisenhut den niedrigen Bewuchs überragten. Auf der gegenüberliegenden Seite erblickte ich eine ausgedehnte Staude gelb blühender Schafgarbe und ich beschloss ohne lange zu überlegen, mich dahinter zu verbergen. So bot sich mir die Gelegenheit einen möglichen Verfolger bereits aus großer Entfernung erkennen zu können ohne selbst gesehen zu werden.

Wirre Gedanken schossen mir durch den Kopf. Was sollte ich jetzt tun? Einfach nur abwarten, bis ich sicher sein konnte nicht verfolgt zu werden? Sollte ich zu dem verlassenen Haus zurückkehren oder meine Flucht fortsetzen? Aber wohin sollte ich mich wenden? Ratlos blickte ich um mich. Nirgendwo gab es Anzeichen auf einen Ausweg aus diesem Dickicht. Schließlich beschloss ich, die Abenddämmerung abzuwarten, um dann bei Dunkelheit möglicherweise einen Vorteil gegenüber meinem Gegner zu haben. Er konnte es nicht riskieren, mich entkommen zu lassen und würde wohl bei dem Haus auf mich lauern. Ich musste versuchen, ihn in der Dunkelheit zu überrumpeln. Je länger ich in der lähmenden Nachmittagssonne hockte, desto mehr begann meine Angst langsam einer grimmigen Entschlossenheit zu weichen, dieser Gefahr die Stirn zu bieten.

Als endlich, nach quälend langen Stunden des Wartens, die Sonne untergegangen war machte ich mich vorsichtig wieder auf den Rückweg. Es war nicht leicht, mich zu orientieren, denn ich fand kaum Spuren, die ich auf meiner überhasteten Flucht hinterlassen hatte. Außerdem hatte ich auch einige Male die Richtung leicht gewechselt, sodass ich vereinzelt den Fluchtweg verfehlte und suchen musste, um mein Ziel zu erreichen. So dauerte es geraume Zeit bis ich schließlich bei völliger Dunkelheit das einsame und stille Gehöft erreichte. Mein Herz klopfte wild, während ich nach Hella Ausschau hielt. Dann hörte ich ein leises Scharren, wohl hervorgerufen durch einen Pferdehuf und erleichtert gewahrte ich auch ein leichtes vertraut klingendes Schnauben, das eigentlich nur von Hella stammen konnte. Schon wollte ich direkt auf sie zueilen, als mir aber ein Verdacht kam. Genau das könnte ja Adolf Schultz von mir erwarten, um mir genau dort aufzulauern. Ich schlug also einen Halbkreis, um mich aus einer anderen Richtung zu nähern. Dann ergriff ich einen herumliegenden dicken Ast und schleuderte ihn in die Richtung aus der ich gekommen war. Jetzt sah ich meine Gelegenheit gekommen, schnellstens auf Hella zuzulaufen. In äußerster Erregung rannte ich blindlings in die beabsichtigte Richtung. Plötzlich bemerkte ich einen dunklen Schatten der sich seitlich auf mich zu bewegte. Schaudernd erkannte ich Adolf Schultz, genau dort, wo ich es befürchtet hatte. In der rechten Hand trug er ein auf mich gerichtetes Messer. Ich stürzte auf ihn zu und warf ihn, bevor er damit zustoßen konnte zu Boden. Mit einem Fußtritt gegen seine Hand brachte ich ihn dazu seine Waffe fallen zu lassen. Sofort warf ich mich auf ihn und traktierte ihn mit heftigen Faustschlägen bis er schließlich leblos liegen blieb. Danach erhob ich mich schweratmend und brachte meine Kleidung wieder in Ordnung.

Mit einem Schnürsenkel von meinem Schuh fesselte ich die Hände des immer noch bewusstlosen Adolf Schultz und verfrachtete ihn ins Coupe. Dann machte ich mich wegen der bereits fortgeschrittenen Dunkelheit behutsam steuernd auf den Rückweg. Ich lieferte meinen Gefangenen bei unserem sichtlich entsetzten Polizeidiener Franz Roters ab, mit der Bitte, ihn im Quadenturm in Gewahrsam zu nehmen. Obwohl der Ordnungshüter zunächst heftig protestierte, mit der Begründung, er sei nicht zuständig, verfrachtete er den inzwischen wieder lebhaft und wild um sich blickenden Bösewicht in das Verlies und versprach sogar nötigenfalls einen Wundarzt zu verständigen.

Es war schon sehr spät, als ich nach Hause zurückkehrte. Still und heimlich wie ein Dieb schlich ich mich zur Dielentür herein und begann Hella zu versorgen. Sie hatte sich wahrlich durch ihre ruhige Art und Zuverlässigkeit eine besondere Ration Heu und auch eine beträchtliche Anzahl Karotten verdient. Ich bearbeitete ihre schweißglänzenden Flanken zunächst mit Striegel und Bürste und anschließend mit der Kardätsche, während sie den Futtertrog leerte. Ständig fragte ich mich verzweifelt, wie ich meine so arg verspätete Rückkehr Lisa gegenüber begründen sollte. Ich hatte zwar vor, einen Unfall durch ein gebrochenes Rad vorzugeben, aber ich zweifelte, ob sie mir dieses glauben würde. Stattdessen erschien überraschenderweise meine Mutter und betrachtete meine Tätigkeit eine Weile lang schweigend.

»Du bist wie dein Vater«, meinte sie schließlich. »Immer wenn es Streit oder andere Dinge gab, die ihn bedrückten, ist er hierhin gegangen und dann durfte ich ihn keinesfalls stören. Irgendwann ist er dann schließlich zu mir gekommen, ohne ein Wort zu sagen, aber alles war wieder in Ordnung, vielleicht nicht wirklich, aber was gewesen war, spielte keine Rolle mehr. Ich weiß nicht, was geschehen ist, ich will es auch gar nicht wissen, aber ich gehe davon aus, dass du nichts unrechtes getan hast.«

Das konnte ich reinen Gewissens bejahen, aber über die wahren Gründe für meine späte Rückkehr vermochte ich nichts zu sagen, um meine Mutter nicht noch zusätzlich zu beunruhigen. Sie schien trotzdem zufrieden zu sein und bevor sie ging, versprach sie noch mit Lisa zu reden. um beschwichtigend auf sie einzuwirken. Zutiefst dankbar für diese Hilfe nahm ich meine Arbeit wieder auf. Ich ließ mir soviel Zeit wie nur irgend möglich und so war es bereits tiefe Nacht, als ich das Schlafzimmer aufsuchte. Ich fand Lisa schlafend vor, was ich auch gehofft hatte, und begab mich äußerst vorsichtig ohne Geräusche zu verursachen zur Ruhe.

Ich verbrachte eine kurze unruhige Nacht und weit vor der eigentlich üblichen Zeit, rappelte ich mich wieder auf, ohne von Lisa bemerkt zu werden. Ich fühlte mich wie gerädert und hundeelend. Als schnelles Frühstück bereitete ich mir eine kleine Schale mit Milchkaffee und getrockneten Brotstückchen zu. Dann begab ich mich auf den Weg zu unserem Polizeidiener. Vereinzelte Windstöße fuhren mir durchs Haar und im fahlen Morgenlicht begegneten mir nur wenige Menschen.

Franz Roters wirkte zu dieser frühen Stunde noch sehr mürrisch und er gab sich reichlich wortkarg. Auf dem Weg zum Quadenturm schwieg er zunächst eine Weile. Dann blieb er abrupt stehen und fasste mich am Ärmel.

»Wir müssen den Kerl nach Dorsten bringen. Ich will mit der ganzen Sache nichts zu tun haben. Ich bin da gar nicht zuständig«, fuhr er mich an.

»Ist ja schon gut«, beruhigte ich ihn. »Aber dieser Bursche hat versucht mich umzubringen. Ich muss unbedingt mit dabei sein, damit ich herausfinden kann, warum er das versucht hat.«

Wir holten den finster blickenden Adolf Schultz aus seinem Gefängnis, fesselten ihn an Händen und Füßen und verfrachteten ihn in eine Kutsche. Mit dieser gefährlichen Fracht machten wir uns, beide auf dem Kutschbock sitzend, auf den Weg nach Dorsten, um den dortigen Polizeidiener zu treffen. Unser unfreiwilliger Passagier machte gottlob keinerlei Anstalten zu entfliehen und verhielt sich vollkommen ruhig, sodass wir ohne Verzögerung unser Ziel erreichten.

Johann Bresser, der Dorstener Polizeidiener, war ein Mann mittleren Alters und von äußerst kleiner Statur mit einem großen grauen Schnauzbart, sodass ich mich unwillkürlich fragte, ob er wohl die nötige Autorität besaß, um an diesem Ort für Ruhe und Ordnung zu sorgen. Aber schon bei seinen ersten Worten wurde ich eines Besseren belehrt.

»Hat man dich mal wieder erwischt«, herrschte er den eingeschüchterten Adolf Schultz an. »Was hast du denn diesmal verbrochen?«

Der so gescholtene senkte schuldbewusst den Kopf und ließ sich widerstandslos in eine Gefängniszelle abführen. Anschließend begaben wir uns in das kleine Bürozimmer des Polizeidieners. Johann Bresser setzte sich breitbeinig an seinen Schreibtisch und begann zu erzählen.

»Der Adolf ist schon immer ein richtiger Nichtsnutz gewesen, zu nichts zu gebrauchen. Diebstahl, Schlägereien, laufend sorgt der nur für Ärger. Seit einiger Zeit arbeitet er jetzt für diesen Baron, der vor ein paar Jahren hier zugezogen ist, ein zwielichtiger Spekulant. Kauft billig Land von den Bauern, um es dann zu überhöhten Preisen an die Zechen zu veräußern. Manchmal, wenn die Bauern nicht verkaufen wollen, wird da schon mal etwas nachgeholfen um sie gefügig zu machen und dafür hat er dann solche

Leute, wie den Adolf. Die machen dann die Drecksarbeit für diesen feinen Herrn und ihm kann man leider nichts nachweisen.«

»Dann kann ich Ihnen vielleicht behilflich sein«, entgegnete ich. »Adolf Schultz hat versucht mich umzubringen und ich bin mir jetzt auch sicher, dass er das im Auftrag dieses Barons getan hat.«

»Aber wieso sollte jemand versuchen, Sie zu töten, obwohl er Sie doch gar nicht kennt?«

»Das möchte ich unbedingt herausfinden und deshalb möchte ich diesen Herren dringend sprechen. Wie lautet eigentlich sein Name?«

Johann Bresser fuhr mit einer Hand über seine Haare. »Ich habe einige Zweifel an seiner Herkunft und ob er hier unter seiner wahren Identität lebt, aber er verfügt wohl über zweifelsfrei verbürgte Papiere und sie lauten auf den Namen Baron Bennigsen.«

Endlich wähnte ich mich am Ziel meiner Nachforschungen, endlich glaubte ich den Mann gefunden zu haben, dem ich die Nachricht übermitteln sollte, dass er eine beträchtliche Erbschaft zu erwarten habe und der mir aber anscheinend nach dem Leben trachtete. Meine Gefühle in diesem Moment vermag ich kaum zu beschreiben. Es war eine Mischung zwischen Genugtuung und Furcht, eine Erleichterung kurz vor der Erledigung einer schweren Aufgabe und gleichzeitig die Angst davor, den letzten dazu notwendigen Schritt zu tun.

Ich bat Johann Bresser, mir ein Pferd zur Verfügung zu stellen und gemeinsam machten wir uns auf den Weg, dem Baron einen Besuch abzustatten. Franz Roters trat währenddessen mit Pferd und Kutsche den Heimweg nach Recklinghausen an.

Der Himmel hatte sich zugezogen und ein frischer Westwind zerrte an unserer Kleidung. Die Straßen waren nur wenig belebt mit Bürgern, die friedlich ihren Besorgungen nachgingen und uns nur wenig beachteten. Johann Bresser lenkte sein Pferd genau so, dass er direkt neben mir ritt. »Eines verstehe ich überhaupt nicht. Wieso hat denn der Baron den Auftrag erteilt, Sie zu töten?«

»Vielleicht fürchtet er, dass ich ihm auf die Schliche gekommen bin. Es kann sein, dass sein eigentlicher Name völlig anders lautet und dass er möglicherweise seine Stiefeltern auf dem Gewissen hat und seinen Vater ebenso. Dafür habe ich allerdings keine Beweise.«

»Dann ist der Baron wohl wirklich so ein übler Bursche, wie ich schon immer vermutet habe. Na da kommt ja eine wirklich heikle Sache auf uns zu.«

»Das ist, fürchte ich, stark untertrieben«, wandte ich ein. »Wir müssen auf das Schlimmste gefasst sein.«

Inzwischen hatten wir die Stadt hinter uns gelassen und folgten schweigend und nachdenklich einem mit jungen Eichen gesäumten sandigen Weg.

Der Baron schien ein sehr wohlhabender Mann zu sein, denn das mondäne Landhaus nebst Stallungen wirkte gut gepflegt. Eine stattliche Anzahl von Dienern und Knechten kümmerte sich um die Pflege des Anwesens. Frauen schien es in dieser Umgebung nicht zu geben.

Ein Stallknecht nahm sich unserer Pferde an, während ein anderer uns zu dem Baron geleitete. Ich hatte mich mit Johann Bresser verständigt, dass ich die Gesprächsführung übernehmen sollte. Das Zimmer, in dem der Hausherr uns empfing und in dem es nach Zigarrenqualm roch war mit einer noch vollkommen neuen Möblierung ausgestattet.

Baron Bennigsen war ein Mann mittleren Alters von eher unscheinbarer schmächtiger Gestalt mit einer blassen Gesichtsfarbe und einem stechenden Blick, der verriet, dass mit ihm keineswegs zu spaßen war. Er stand hinter einem großen Schreibtisch und erteilte zwei Dienern in gedämpften Ton noch einige Anweisungen bevor er seine Aufmerksamkeit uns zuwandte.

Ich trat ihm gegenüber und stellte mich vor, wobei ich davon ausging, dass mein Begleiter dem Baron bereits bekannt war. Zunächst bemerkte ich keinerlei Regung bei unserem Gastgeber, aber dann bei der Nennung meines Namens verzog er unwillig seinen Gesichtsausdruck.

»Jetzt verstehe ich. Sie sind derjenige, der behauptet, er hätte eine wichtige Nachricht für mich. Na dann mal los. Jetzt können Sie das ja erledigen, aber ich glaube ich weiß schon, was Sie von mir wollen.«

»Was sollte das denn sein?« Ich brannte darauf, zu erfahren, ob ich mit meinen Vermutungen Recht hatte.

»Na das ist doch vollkommen klar. Sie glauben, Sie sind da irgendwelchen Verbrechen auf die Schliche gekommen und nun wollen Sie mich dafür haftbar machen. Aber ich warne Sie.« Er hob die rechte Hand und richtete den Zeigefinger auf mich. »Ich warne Sie eindringlich. Ich werde mich nicht einfach ergeben. Da müssen Sie schon Gewalt anwenden und wenn ich mich hier umschaue, dann befinden Sie sich in der Minderheit und bewaffnet sind Sie auch nicht. Also verschwinden Sie lieber. Aber bevor Sie das tun, möchte ich doch noch erfahren, was Sie mir eigentlich mitteilen wollten.«

»Es handelt sich um eine Erbschaftsangelegenheit. Sie sollten eigentlich einige Ländereien aus dem Besitz des Kommerzienrates B. erben, aber meinen Erkenntnissen über Sie zufolge droht Ihnen eher eine lange Haftstrafe.«

Der Baron wirkte höchst verwirrt. »Das kann doch nicht sein? Ich soll eine Erbschaft erhalten? Das war der Grund für Ihre Ermittlungen? Und dann sind Sie bei Ihren Nachforschungen auf einige merkwürdige Dinge gestoßen. Tja, tut mir leid, aber nun kann ich Sie nicht einfach wieder fortgehen lassen. Sie sind eine zu große Gefahr für mich.«

Ich richtete mich zu ganzer Größe auf und versuchte meiner Stimme einen möglichst festen Klang zu verleihen. »Wenn es so ist, wie Sie sagen, dann habe ich mit meinen Vermutungen doch Recht. Ihr eigentlicher Name lautet Franz Elfring und Sie haben wahrscheinlich Ihren wirklichen Vater Wilhelm Hennigfeld ermordet. Außerdem sind Sie verantwortlich für den Tod Ihrer Stiefeltern.«

Der Baron starrte mich hasserfüllt an. »Ich habe es doch geahnt, dass von Ihnen nichts Gutes zu erwarten war. Ich bedauere, dass Adolf Schultz versagt hat. Dabei hat er bei meinem sogenannten Vater, der mich ja einfach abgelegt und meinem Schicksal überlassen hat, richtig gute Arbeit geleistet. Und bei meinen Stiefeltern«, ein verbitterter Ausdruck erschien auf seinem Gesicht, »da war ich wie vor den Kopf geschlagen, als sie mir, verlegen lächelnd, mitteilten, dass sie gar nicht meine Eltern seien. Es war eine Befreiung, zu wissen, dass ich mich ihrer entledigt hatte und zu wissen, dass ich ebenfalls für tot gehalten wurde.«

Ein fast dämonisches Grinsen erschien auf seinem Gesicht. »Ja es war eine Befreiung, ein neues Leben, hemmungslos und ohne jegliche Skrupel und jetzt kommen

Sie und wollen mir das alles wieder nehmen. Oh nein, auf keinen Fall.«

Er betrachtete meine rechte Hand. »Wie ich sehe, tragen Sie einen Ehering. Dürfte ich mich erkundigen, ob Ihre Frau, Ihr liebes, liebes Eheweib über das, was Sie hier treiben Bescheid weiß?«

Ich erbleichte. »Nein, Sie weiß davon überhaupt nichts. Bitte«, flehte ich. »Sie können mit mir machen was Sie wollen. Aber verschonen Sie meine Frau.«

»Kann ich das riskieren? Ich fürchte, nein. Packt sie und bringt sie nach unten in den Vorratskeller!«

Die zwei Diener rückten drohend auf uns zu und ich stellte entsetzt fest, dass sie mit Pistolen bewaffnet waren. Einer der beiden hatte wohl, während ich mit dem Baron redete, die Waffen geholt.

»Während Sie im Keller auf uns warten, werde ich mich einmal persönlich um Ihre Frau kümmern.« Der Baron wandte sich zum Gehen. »Ich möchte Ihrer Frau doch mal gerne ein wenig näher kommen.« Mit einem höhnischen Gelächter verließ er das Zimmer, während die Diener uns in den Keller brachten.

Niemals zuvor in meinem Leben hatte ich jemanden so gehasst, wie diesen falschen Baron. Ich wäre ohne jeglichen Skrupel fähig gewesen, diesen Mann umzubringen, doch zuvor sahen Johann Bresser und ich uns mit dem Problem konfrontiert, unserem Gefängnis zu entrinnen. Die Diener hatten uns durch eine Tür hindurch und anschließend eine schmale offene Treppe hinab in den Keller geleitet. Er besaß zwar zwei schmale Fenster, durch die aber kein Entkommen möglich war, weil höchstens ein Kind hindurch gepasst hätte. Diese Möglichkeit blieb uns also verwehrt und so blickten wir uns ratlos in dem Gewölbe um. In dem Raum waren vor allem Obst und Gemüse gelagert. Außerdem hingen drei große Schinken von der Decke herab. An der den Fenstern gegenüber liegenden Wand befand sich ein großes, gut gefülltes Weinregal. Der Polizeidiener trat an das Regal und begann die Weine zu begutachten.

»Wenigstens brauchen wir hier nicht zu verdursten«, meinte er sarkastisch.

»Ist das Ihre einzige Sorge«, fuhr ich ihn an. »Wir haben keine Zeit, uns mit solchen Dingen zu beschäftigen. Sagen Sie mir lieber, wie wir hier schnellstens hinaus gelangen.«

Der Ordnungshüter schien meine Vorwürfe nicht zu beachten und musterte weiter den Bestand an verschiedensten Weinen. »Die sind bestimmt ziemlich wertvoll.«

»Na wunderbar ! Soll ich mich darüber vielleicht auch noch freuen?« Ich geriet allmählich richtig in Rage.

»Es dürfte dem sauberen Herrn Baron sicherlich nicht gefallen, wenn dieser wunderbare Bestand vernichtet würde.«

»Wollen Sie jetzt etwa eine große Racheaktion starten? Na wunderbar, das hilft uns auch nicht weiter.«

»Ich bin mal gespannt, wie sich die Diener verhalten, wenn wir hier ordentlich Rabatz veranstalten. Wahrscheinlich werden sie versuchen das zu verhindern. Aber dazu müssten sie hier hereinkommen und dann müssen wir versuchen, sie zu überwältigen.«

»Das ist die Rettung! Sie dürfen sich über den Wein hermachen und ich stelle mich neben die Treppe und wenn einer dieser Strolche herunterkommt halte ich ihm etwas zwischen die Beine. Da steht ja ein Besen. Der ist bestens geeignet. Und wenn dann der Halunke strauchelt, können wir ihn gemeinsam überwältigen.«

Johann Bresser entnahm nun dem Regal eine Flasche Wein, warf noch einen kurzen prüfenden Blick auf das Etikett und schleuderte sie dann gegen die hintere Wand des Kellers, wo sie krachend zerschellte. Ohne zu zögern griff er zur nächsten Flasche und wiederholte die gleiche Prozedur, während ich mit dem Besen bewaffnet neben der Treppe Aufstellung nahm. Es dauerte nicht lange und durch die geschlossene Tür drang eine energische Stimme zu uns herein.

»Wollt ihr wohl aufhören mit diesem Getue? Wenn ihr nicht sofort damit aufhört, komme ich rein und dann könnt ihr was erleben!«

Johann Bresser ließ sich durch diese Ankündigung keineswegs aufhalten, sondern verstärkte seine Flaschenvernichtung. Im Türschloss drehte sich knirschend ein Schlüssel und die Tür wurde vorsichtig ein wenig geöffnet. Durch den Türspalt wurde zunächst der Lauf einer Pistole sichtbar, daraufhin eine Hand und schließlich die gesamte Person des Dieners.

»Ich habe euch gewarnt und jetzt geht es euch an den Kragen.«

Er stieg die Treppe hinab, aber bevor er das Ende erreichen konnte hielt ich ihm rasch den Besenstiel zwischen die Beine und er geriet ins Straucheln. Sofort eilte Johann Bresser herbei und gemeinsam überwältigten wir den Diener. Während er noch benommen nach unserem Angriff umhertaumelte, verließen wir schnellstens mit der Pistole unser Verließ und verriegelten die Tür. Vorsichtig schlichen wir uns durch die Wohnung, ohne glücklicherweise auf weiteres Personal zu stoßen und rannten zu dem Stallgebäude. Auch hier war uns das Glück hold und niemand hinderte uns daran rasch unsere Pferde zu satteln und in rasendem Galopp verließen wir diesen Ort.

Wir hetzten unsere Pferde zu größter Eile. Ich achtete kaum darauf, ob Johann Bresser mir zu folgen vermochte, den Blick ständig nach vorne gerichtet, um möglichen Hindernissen sofort ausweichen zu können. Sobald ein langsames Gefährt vor mir auftauchte brachte ich durch lautes Rufen die Fuhrleute dazu Platz zu machen, was mir immer wieder empörte Blicke derselben einbrachte. Verzweifelt versuchte ich immer wieder querfeldein den Weg abzukürzen und schreckte dabei einige Krähen auf, die laut krächzend davonflogen.

Schließlich erblickte ich aus der Ferne die Kirchturmspitze von St. Peter, aber eine weitere Wahrnehmung verstärkte meine Befürchtungen. Rauch schwebte über der Stadt. Vielleicht mochte die Ursache harmloser Art sein, aber die Quelle dieser Bedrohung befand sich offensichtlich dort, wo sie am wenigsten genehm war, genau dort, wo sich unser Haus befand.

Als ich durch das Lohtor ritt vernahm ich bereits einzelne weithin schallende Rufe. Ein Prasseln und Krachen, wie das Brechen von Holz mischte sich darunter und als ich schließlich den Marktplatz erreichte bot sich mir ein Anblick, der mich vor Entsetzen lähmte. Das Haus, unser Haus stand in hellen Flammen. Dichter Rauch quoll durch die Ritzen und Öffnungen des Gebäudes und erhob sich unheilvoll gen Himmel. Ich war zu spät gekommen.

Die Feuerwehr hatte ihren Spritzenwagen in Stellung gebracht, doch die unverdrossen kämpfenden Helfer vermochten nur wenig gegen die um sich greifenden Flammen auszurichten. Die gesamte Nachbarschaft hatte sich anscheinend versammelt, um dieses Spektakel mit zu verfolgen. Während ich mich der Menschenmenge näherte, wandten sich mir einige mit besorgten aber auch fast vorwurfsvoll erscheinenden Blicken zu und ich fühlte mich in diesem Moment elend und schuldig an diesem Unglück. Ich hatte versagt und auf eine schreckliche Art, obwohl gutmeinend, dieses Desaster heraufbeschworen. Aus der Menge löste sich Alfons Beckmann, ein Sattler aus der Nachbarschaft, und eilte mir entgegen.

»Was ist mit Lisa und meiner Mutter?« fragte ich ihn ungeduldig.

»Man hat sie ins Spital gebracht. Aber es steht schlecht um sie.«

»Heißt das, sie leben?« In mir keimte neue Hoffnung auf. Wenn sie lebten, konnte sich doch noch alles wieder zum Guten wenden.

»Agnes Deitert und Küpers Job waren die ersten, die das Feuer bemerkt haben und die haben Lisa und deine Mutter bewusstlos in der Küche gefunden und sie ins Freie gebracht.«

»Über die Diele?«

»Nein, die sind hinten rum gegangen. Da hat es auch nicht so schlimm gebrannt. Dann haben sie die beiden mit einer Kutsche ins Spital gebracht.«

»Ist gut, danke, dann reite ich jetzt schnellstens dorthin.« Ich lenkte mein Pferd Richtung Prosper Hospital und spornte es zu größter Eile an.

Stille umgab mich, als ich das Gebäude betrat, eine Ruhe, die zwar wohltuend wirkte aber andererseits trügerisch Tod und Leiden überdeckte, eine wie entrückt erscheinende Traumwelt mit ergeben duldenden Patienten, umsorgt von blassen Schwestern in Ordenstracht.

Wo war Lisa, wo meine Mutter? Mein Herz schlug heftig,

während ich meinen Blick unruhig suchend über die Betten schweifen ließ. Einige, der darin liegenden kannte ich persönlich. Da war Gertrud Maßenberg eine Tagelöhnerin, die sich das Bein gebrochen hatte und auch Franziska Hülsmann, deren Mann Theodor als Glaser hohes Ansehen genoss. Warum sie sich im Spital befand, konnte ich bei meinem flüchtigen Überblick nicht erkennen.

Lisa! Ihr Bett befand sich in einer hinteren Ecke des Saales. Sie schien zu schlafen oder bewusstlos zu sein aber soweit ich ihr blasses Gesicht erkennen konnte, hatte sie keine sichtbaren Verletzungen davongetragen. Voller Hoffnung näherte ich mich dem Bett, als mir jemand plötzlich von hinten die Hand auf die Schulter legte. Ich fuhr herum und erblickte eine der Schwestern, die mich freundlich anlächelte.

»Herr Marsten?« Ihre Stimme wirkte wunderbar beruhigend. »Ihre Frau braucht jetzt viel Ruhe. Kommen Sie, ich bringe Sie zum Arzt.«

Ich warf noch einmal einen besorgten Blick auf Lisa und folgte dann der Schwester in das obere Stockwerk, wo mich der Arzt, ein noch ziemlich junger schmächtiger Mann, empfing. Er schüttelte mir die Hand und bat mich Platz zu nehmen.

»Herr Marsten, ich habe leider eine sehr traurige Nachricht für Sie. Es tut mir leid, aber Ihrer Mutter konnten wir leider nicht mehr helfen. Sie war bereits tot als sie hier eingeliefert wurde. Ihr Herz war wohl zu schwach, um die ganze Aufregung zu verkraften. Dafür kann ich Ihnen aber versichern, dass Ihre Frau überleben wird. Als sie hier ankam war sie noch bei Bewusstsein und ich konnte sie fragen, wie es zu dem Unglück gekommen ist. So wie sie erzählt hat sind wohl drei fremde Männer in das Haus eingedrungen. Was diese Bastarde eigentlich wollten und warum sie ausgerechnet Ihr Haus heimgesucht haben, ist völlig rätselhaft, jedenfalls haben sie wohl kein Geld oder Schmuck geraubt, lediglich Ihr Pferd haben sie gestohlen, aber ich bezweifle, dass sie nur deswegen gekommen waren.«

Auf diese Weise redete der junge Mediziner ständig weiter, aber ich vermochte seinen Worten nur schwer zu folgen. Wie durch einen Schleier hindurch nahm ich meine Umgebung nur noch verschwommen war. Völlig entkräftet und fassungslos war ich nicht mehr in der Lage klar zu denken. Konnte das denn alles Wirklichkeit sein? Ich sah mich vollkommen außerstande das Ausmaß dieser Tragödie zu begreifen.

Tagelang währte dieser Zustand. Ich fand Aufnahme bei Josef Küper, der sich bei Lisas Rettung verdient gemacht hatte, und er kümmerte sich auch um die notwendigen Maßnahmen, die zur Beerdigung meiner Mutter erforderlich waren, während ich im Spital stumm und hilflos an Lisas Bett hockte. Lisa erholte sich von Tag zu Tag, aber über die entsetzlichen Vorkommnisse, die sie bedrückten schwieg sie, an die Decke starrend, während ihr Augen sich mit Tränen füllten, und meine Versuche ihr zumindest Andeutungen des Geschehens zu entlocken schlugen fehl.

Bei der Beerdigung meiner Mutter befand sich Lisa noch weiterhin im Spital und obwohl ich von den Nachbarn eine große Anteilnahme erfuhr, vermisste ich ihre Anwesenheit und Unterstützung doch in ganz besonderem Maße. Immerhin fand ich einen gewissen Trost darin, dass sie mir bald wieder zur Seite stehen würde, wie in all den Jahren unseres Zusammenseins. Ihr Beistand, ihre Aufopferung und Herzlichkeit waren immer eine große Hilfe für mich und in den Augenblicken, wenn ich voller Dankbarkeit daran denke wird mir aufs tiefste bewusst, wie sehr ich sie liebe.

Inzwischen bewohnen wir unser neues Haus, welches an gleicher Stelle errichtet wurde wie das alte. Von dem Baron Bennigsen fehlt jegliche Spur, aber das bekümmert mich nicht weiter. Die geschilderten Ereignisse stehen weiterhin wie ein dunkler Schatten zwischen mir und Lisa, aber sie verbinden uns auch. Noch einige Monate lang schien es, als würden wir beide nicht mehr recht zueinander finden. Vieles, was uns bedrückte blieb ungesagt und nagte in uns weiter und doch, im Laufe der Zeit, verlor es an Bedeutung. Es scheint, dass sich auch nach schlimmsten Tragödien letztlich ein Trost finden lässt, ähnlich in dem Biblischen Psalm: »Und ob ich schon wanderte in finsterem Tal, fürchte ich kein Unglück; denn du bist bei mir,...« Vielleicht werden wir ja doch noch demnächst unsere Reise nach Paris antreten. Wer weiß?

Anhang

Schicksalstage

Skizze der truchsessischen Wirren in Recklinghausen

Von Dr. Kurt Gaertner

In der Wohnung des Bürgermeisters Rotger Stenwech saßen sich an einem Aprilmorgen des Jahres 1583 der Hausherr und sein Amtsgenosse Johann von Westerholt im Söller gegenüber. Durch das weit geöffnete Butzenscheibenfenster strömte mit der milden Frühlingsluft herber Schollenruch aus dem frisch umgegrabenen Hintergärtchen.

Zwischen den Männern lag eine dumpfe Müdigkeit; sie rührte gewiss nicht her von dem sanften Frühlingshauch oder von dem Trunke, der in hohen Zinnbechern auf dem Tisch stand; denn tiefe Sorge düsterte aus den Blicken, mit denen sich die Bürgermeister wortlos streiften.

»Bis auf den auf den Knippenburger,« nahm Rotger Stenwech nach geraumer Weile das Wort, »scheint der vestische Adel noch fest zum Domkapitel zu stehen.«

»Der Adel wohl«, nickte der Westerholt; »schlimm aber dünkt mich, dass die Pfarrer von Datteln, Waltrop, Osterfeld und Bottrop sich dem Truchsess zuneigen.«

»Ich pflicht Euch bei; die Bauern sind in ihrer Hand, der gemeinsame Hass gilt den Grundherren.«

162

»Und habt Ihr gemerkt«, fügte Stenwech mit gedämpfter Stimme hinzu, »dass der Horneburger Kellner sich vornehmlich an den gemeinen Bürger macht ? Er redet ihm vor, dass die Römische Kirche nur die Besitzenden schütze, dass der Adel zu Unrecht steuerfrei verbliebe und alle Lasten auf den Bürger und den Bauern abgewälzt würden.«

Der Westerholter griff versonnen nach dem Becher. »Darin liegt eine bedrohliche Gefahr, denn steht der Bauer auf gen den adligen Herrn und verliert samt dem besitzlosen Bürger die Scheu vor der kirchlichen Behörde, so brennt das ganze Land.«

In diesem Augenblicke tat sich die Tür zu einem Spalte auf und durch die Öffnung wippten zwei lange blonde Haarflechten, denen ein lachendes Jüngferlein in den Raum folgte.

»Ist es elaubt, Ihr Herren« knickste des Bürgermeisters ältestes Töchterlein Gotelinde »in so weise Beratung einzubringen? Ich bringe gar seltsame Zeitung.«

»Heraus damit«, ermunterte Johann von Westerolt und schüttelte der Jungfer die Hand, dass es in den feingegliederten Gelenken knarzte.

»Ich war heut` morgen bei der Tant` Surlender, und wisst, Ihr Herren, was sie gesagt hat? Es verginge kein Mond, und in Sankt Peter stünd ein kalvinischer Prediger auf der Kanzel!«

Die Männer warfen sich einen ernsten Blick zu.

»So, sagt sie das?« warf Vater Stenwech nach kurzem Schweigen ein, »und waren der Herr Stadtrat und seine hoffnungsvollen Söhne etwa der gleichen Meinung ?«

»Ich habe weder den hochmögenden Herrn Stadtrat, noch Nikolaus und Stephan gesehen.« Bei der Erwähnung Stephans lief Gotelinde ein verräterisches Rot bis unter die krausen Stirnlöckchen. »Die Tant` glaubte, dass sie nach dem Hause Dietrichs von Knippenburg hinüber gegangen seien.«

»Es ist gut, Kind«, unterbrach sie Rotger mit kurzer Handbewegung, »geh` jetzt !«

Der entschiedene Ton ließ Gotelinde verwundert aufhorchen; sie machte einen eiligen Knicks und zog sich verwirrt zurück ohne die freundlichen Grüße zu beachten, die ihr der Gastfreund nachwinkte.

Kaum hatte sie die Tür geschlossen, als Stenwech auffuhr: »Es ist nachgerade höchste Zeit, dass wir handeln; wir müssen einen Landtag berufen, um über Gegenmaßregeln zu beraten und durch einen Boten das Domkapitel um Unterstützung angehen.«

»Ganz recht«, pflichtete der Westerholter bei, »doch wird es nit vor dem dritten April geschehen können; derweilen aber geht das Unheil in der Stadt seinen Weg. Lasst uns die Gutgesinnten sammeln, auf die ein Verlass ist. Auf die Pfarrherren und die zwanzig Vikare an St. Peter und dem Gasthause dürfen wir zählen; auch die Gesinnung des Richters und seines Schreibers ist über jeden Zweifel erhaben. Die Clerici müssen jeden Prellstein in den Straßen zur Prediktkanzlei machen und vor allem den Weibern daheim ins Gewissen reden; sie sind in Glaubenssachen Neuerungen am wenigsten hold.«

»So übernehmet Ihr die Gegenwirkung in der Stadt, dieweil ich die Landtagsboten abfertige.«

Damit trennten sich die Männer nach einem festen Händedruck.

Am nächsten Tag schlenderte Gotelinde über den Holzmarkt als ihr in der Nähe des Burgtores Stephan Surlender in den Weg lief. Er schien plötzlich Eile vortäuschen zu wollen, aber Gotelindes Anruf zwang ihn zum Verweilen.

»Du läufst, als wolltest du die erste Predigt von eurem Kalvinisten nit versäumen.«

Stephan sah sie unsicher an. »Was willst du mit dem Kalvinisten. Hat Mutter…?«

»Die ganze Schauergeschichte,« nickte Gotelinde fröhlich.

»Du sollst nit darüber scherzen,« warnte Stephan mit gerunzelter Stirn, »es könnte gar leichtlich also kommen.«

Gotelinde sah ihn erschrocken ins Gesicht. »Ihr wollt abtrünnig werden?«

»Was bedeutet hier abtrünnig? Wir möchten nur loskommen vom römischen Gängelband und von der adeligen Vetterwirtschaft.«

»Das diese Recklinghausen dem Truchsess ausliefern, und das wird Vater niemals dulden!«

Stephan zuckte verlegen mit den Achseln: »Die Bürgerschaft könnte es fordern!«

»Nur die schlechten Leute,« ereiferte sich Gotelinde, »die aus den Wirren Nutzen für sich erwarten; die Gutgesinnten werden es zu verhindern wissen.«

»Wir wollen es abwarten«, versuchte der Angegriffene einzulenken; aber Gotelinde blitzte ihn zornig an, und er zog es vor, sich mit einer hastigen Verbeugung zu verabschieden.

Der für den dritten April ausgeschriebene Landtag war schlecht besucht; wohl erschienen die beiden Bürgermeister von Dorsten, die gut kölnisch gesinnt waren, aber der vestische Adel hatte es größtenteils vorgezogen auf seinen Gütern zu bleiben und entschuldigte sein Fehlen mit der Ausflucht, für die Bewachung seines Eigentums Sorge tragen zu müssen. Diese Besorgnis war nicht ganz unberechtigt, denn der Statthalter und Obrist des truchsessischen Grafen Adolf von Neuenahr, Engelbert Nie, gen. von der Lippe, hatte seine Kriegsvölker bereits auf die Bauernschaften Hillen und Hochlar verteilt. Die wenigen Landtagteilnehmer waren gerade zu einer Beratung zusammen getreten, als ein Wachmann von der Steinporte atemlos in den Ratssaal stürmte und die Meldung, dass der truchsessische Oberst mit einem Fähnlein Gewappneter vor dem Tore halte und im Namen des Kurfürsten Gebhard Einlass begehre.

Tiefe Bestürzung war auf allen Gesichtern zu lesen. Vergebens versuchte Stenwech zur Besonnenheit zu mahnen, indem er darauf hinwies, dass es nun erst recht notwendig sei, zur Beratung der plötzlich gefährlich gewordenen Lage zusammen zu bleiben; es gab kein Halten mehr, die Auswärtigen ritten eilends durch die Lohporte davon.

»Wir sind auf uns allein gestellt«, seufzte Rotger Stenwech. Und Johann von Westerholt fügte düster hinzu: »Wir müssen den schweren Gang zur Verhandlung tun; kommt, lasst uns nicht zögern.«

Sie schritten der Steinporte zu und erstiegen einen der Tortürme; von hier aus bot sich ihnen ein Anblick, der ebenso malerisch wie beunruhigend wirkte. Auf dem Vorfelde, jenseits der Gräben, kaum außerhalb Speerwurfsweite, hatten sich inzwischen zwei Fähnlein Fußvolk gelagert, die mehrere Feuer unterhielten, über denen, in Astgabeln, Bratspieße mit gewaltigen Rindervierteln gedreht wurden. Rauhe Landsknechtslieder schallten herüber. Einige Knechte waren dabei, ein geräumiges Zelt aufzuschlagen; dicht daneben stand einschwerer Schecken.

Als sich die beiden Bürgermeister über der Mauer zeigten, ging ein Lärmen durch das Lager und um weniger später trat der Oberst Nie hinter einer Baumgruppe hervor, bestieg den Schecken und kam in gemächlichem Schritt bis dicht an den Graben herangeritten.

»Ihr habt lang auf Euch warten lassen, ehrenwerte Herren,« rief er mit dröhnendem Bass herüber. »So beeilt Euch wenigstens itzt und öffnet die Porte, oder ich mach Euch Beine, dem Befehle meines gnädigsten Herrn Gebhard nachzukommen.« Damit wandte er sich halb zur Seite und winkte einen Fähnrich heran, dem er befahl, die Büchsenschützen aufzustellen.

Rotger Steinwech wartete gelassen, bis ihm der Obrist das weingerötete Gesicht wieder voll zuwandte und rief dann in gemessenem Tone zurück: »Mit Verlaub, Herr Oberst, wir wüssten nit, mit wem wir in solcherlei Unfrieden lebten, dass wir eine Besatzung in der Stadt benötigten, zumal die Bürgerschaft wehrhaft genug ist, jeder Gewalttat zu trotzen. Zumalen würde das Öffnen der Tore gegen den Willen des Domkapitels zu Köln sein, das uns unlängst befahl, fremde Truppen in die Stadt nit einzulassen.«

Engelbert Nie richtete sich in den Steigbügeln auf: »Rotz blau!« schrie er, »was für eine Sprache wagt ihr Pfeffersäcke ! Was gehen mich Eure Befehle an. Mein Herr, Truchsess Gebhard, hat mir mehr anvertraut als Euer ganzes Nest wert ist.«

»Darüber wollen wir mit Euch nit streiten,« verteidigte sich Stenwech, »jedoch ist uns unsere Stadt wert genug, um sie nit einem so starken Haufen und peinlicher Einquartierung zu überantworten.«

Meint Ihr, ich hätte keinen Profosen (Feldrichter) im Lager, um Zügellosigkeit in Bürgerquartieren zu strafen? Aber wenn Ihr Euch mit Euren Spießen so wehrhaft fühlt, möchte wohl auch ein Trupp von fünfzig Knechten genügen, die Stadt gegen fremden Zugriff zu schützen.« Nie bemühte sich, bei diesen Worten recht vertrauenswürdig zu erscheinen.

»Ob fünfzig, ob zehn«, kam es zurück, »es geht uns um die Einhaltung des Befehls, die Stadt gegen Kriegsvölker zu wahren.«

Oberst Nie schlug sich mit der Faust auf die geschienten Schenkel, dass der Gaul zusammenfuhr und schrie zu den Knechten hinüber, die ihre Hakenbüchsen auf die Gabeln gelegt hatten: »Macht fertig!«

Die beiden Bürgermeister hatten inzwischen kurz beraten.

»Herr Engelbert,« nahm Stenwech die Verhandlung wieder auf, »wenn die Büchsen erst gesprochen haben, ist es zu spät, über Frieden zu reden. Wir schlagen Euch einen Waffenstillstand von drei Tagen vor, um über Euer Ansinnen mit den Bürgern zu beraten.«

»Was, drei Tage,« entrüstete sich Nie von neuem, »was braucht es solange Zeit, um mit einem einfachen Ja oder Nein zu antworten ! Ihr habt noch den ganzen Abend für Euch, bis zur achten Stund des morgigen Tages währe die Frist; dann fang` ich an, mit Bossenkrut (Bilsenkraut) zu räuchern.«

»So Ihr nit anders wollt, werden wir versuchen, Euch Bescheid zu schaffen,« erwiederte Stenwech.

»Verzeihet noch eine Weile«, fügte Johann von Westerholt hinzu, »es ist ein Trunk Weines für Euch unterwegs.«

Die beiden Bürgermeister verließen die Brüstung und binnen kurzem öffnete sich das schwere Tor. Rotger Stenwech kam mit einem Junker durch den Bogen geschritten, nahm dem Begleiter einen güldenen Becher aus der Hand und reichte ihn Engelbert Nie als Ehrentrunk. Der alte Haudegen schob die struppigen Schnurrbarthaare von den Lippen, hob den Becher und grunzte, nicht ohne leisen Hohn in der Stimme: »So trink ich auf ein Wiedersehen in Eurer guten Stadt!«

Dann schloss sich die Pforte wieder hinter den Bürgerlichen.

Der Oberst aber versammelte die Führer seines Haufens um sich und trug ihnen auf, vor sämtliche Tore Wachen zu legen, so zwar, dass keine Stadtmaus ungesehen in die Feldmark gelangen könne. Weiterhin ließ er durch Trossknechte etliche Leiterwagen am Wolfsbaum vor der Kuniporte zusammenfahren, hoch und breitausladend mit Stroh bepacken, um sie am nächste Morgen als Brander an die Tore heranzuschieben, falls die Bürger ihm nicht zu Willen waren; denn da er kein grobes Geschütz bei sich führte und auch Petarden (Sprengmittel) nicht vorhanden waren, musste er eben auf die Brander zurückgreifen.

Die Bürgermeister waren inzwischen auch nicht müßig gewesen. Trommelwirbel rief die Einwohnerschaft nach dem Marktplatz zusammen; es war kein allzu großes Gedränge, weil der Schwarze Tod von anno 1582 große Lücken gerissen hatte.

Rotger Stenwech kündete den Versammelten das Ergebnis der Unterhandlung mit Engelbert Nie, und nachdem er ihnen von der drohenden Einquartierung gesprochen und die unausbleibliche Unbill seitens des Kriegsvolkes ausgemalt hatte, fand er geneigte Ohren für seinen Vorschlag, die Forderung des Obristen abzuweisen und den Kampf am nächsten Morgen aufzunehmen.

Es wurden also die Wachen eingeteilt, Mauern, Türme, Porten so gut es ging besetzt und die Hakenbüchsen auf die gefährdetsten Stellen verteilt. Jedem Wachhabenden ward eingeschärft, die Wachsamkeit der Posten durch Rundgänge nachzuprüfen und jedwede feindselige Handlung mit gewaltsamer Abwehr zu erwidern.

Die Freunde des Truchsess blieben im Hause des Knippenburg versammelt; zwar hatten sich Nikolaus und Stephan Surlender, Jakob Blank und einige andere Gesinnungsgenossen mit einteilen lassen, um die Aufmerksamkeit nicht zu erregen, aber sie fanden bei den Ablösungen Gelegenheit, Meldungen über den Stand der Dinge und die getroffenen Schutzmaßnahmen in das Verschwörerquartier zu befördern. Dort war man sich einig, dass die Nacht ausgenützt werden müsse, und jeder der Mitverschworenen verließ das Quartier mit genauen Weisungen.

Surlender und Dietrich von Knippenburg brachen um Mitternacht selbst auf und gingen nach der Kuniporte, weil sie dort den ersten gewaltsamen Versuch erwarteten, nachdem ihnen die Nachricht von den Brandern am Wolfsbaum zugetragen war. Sie hatten Glück, denn sie trafen den Wachhabenden, der auf dem Rundgange begriffen war, nicht an; wohl aber die just abgelöste Wachmannschaft. Sie setzten sich mit ihr an den rohgezimmerten Tisch, Auf dem eine Kerze ein unruhig flackerndes Licht verbreitete.

»Wie lang habt Ihr gestanden?« begann Surlender das Gespräch.

»Von Glock acht bis Mitternacht«, gähnte einer der Wachleute.

»Eine lange Nacht für scharfes Wachen!«

Der Wachmann zuckte die Achsel: »Es mangelt halt an Mannschaft für die zweite Ablösung.«

»Wo mangelt es nit«, versetzte Surlender lauernd, »ich wette, dass für keine drei Schuss Bossenkrut vorhanden ist. Mir scheint es ein Aberwitz, mit den Truchsessischen anzubinden; fehlt doch jeder Vorwand, ihnen den Eingang in die Stadt zu weigern; keiner von uns ist noch seines, dem Kurfürsten Gebhard geleisteten Eides entbunden!«

»Der Gebhard hat der Kirche den Eid gebrochen, also sind auch wir entpflichtet«, warf der Bürger Bredenbrock ein, und nehmen wir sein Kriegsvolk herein, so haben wir in einem Mond den Religionskrieg in den Mauern.«

»Ihr sehet zu schwarz«, lächelte Knippenburg, »will doch der Truchsess nichts anderes, denn in seinen Ländern das als unverfälscht erkannte Wort Gottes durch kalvinische Prediger verkünden lassen, unbeschadet der Gewissensfreiheit jedes einzelnen.«

»Was von zugesagter Gewissensfreiheit zu halten ist, kennen wir genugsam«, murrte Bredenbrock, »die kalvinischen Wölfe werden uns gar bald in ihren Himmel heineinreißen wollen!«

»Solcher Zwang«, mischte sich Surlender ein, »ist nur zu befürchten, so Ihr Euch dem Engelbert Nie morgen sperrt; er kommt mit Vollmacht und wird sie zu brauchen wissen; sitzt er doch allbereits fest in der Horneburg und im Westerholter Schloss und kann Dorsten einstecken, wann er die Hand danach ausstreckt. Glaubt Ihr, dass er sich die Rosinen im vestischen Kuchen entgehen lassen wird? Habt Ihr die Brander nit gesehen? Flammen erst die Tore auf, so fährt der Sturmwind durch die Stadt, und ich besorge, dass er uns allsamt zu einem Aschhaufen zusamdfegen wird.«

Es wurde merklich still in der Runde.

»Wir können unseren Posten nit verlassen«, brach endlich Bredenbrock das Schweigen.

»So bleibt; wir haben es gut gemeint mit der Notwarnung.«

Knippenburg und der Surlender erhoben sich und wandten sich dem Ausgange zu.

Als am Morgen des vierten April noch zur Stund der Dämmerung die beiden Bürgermeister die Wachen abgingen, trafen sie die meisten Posten nicht mehr an; sie hatten sich im Schutze der Dunkelheit weggeschlichen.

Bange Sorge stand im Gesichte Rotgers, da er den Schlüssel in die Tür seines Hauses steckte, und es wollte ihm kaum gelingen, das schwere Schloss aufzusperren. Im Flur flog ihm Gotelinde entgegen: »Ein schändlich Spiel ist getrieben worden«, schluchzte sie haltlos und umklammerte dabei den Hals des Vaters.

»Ich weiß«, sagte Rotger ernst, mit einem leichten Schwanken in der Stimme, »die Wachen…«

»Ach nit nur, dass die Wachen davongelaufen sind; die Nachbarin Bredenbrock hat es mir im Vorbeikommen erzählt, dass ihr Mann gehört hätte, wie Stephan und Nikolaus von der Mauer aus den Truchsessischen zuriefen: Alles was die Bürgermeister täten und anordneten, geschähe ohne den Willen der Bürgerschaft.«

Rotger strich sanft über das Blondhaar seines Kindes: »Das ist freilich ein verächtlich Beginnen! So, so gerade die Surlender!«

»Ich hasse sie«, stieß Gotelinde leidenschaftlich hervor. »Ich muss mir Gewissheit schaffen, ob sie recht haben mit ihrer Meinung.«

Inzwischen war die verabredete achte Stunde herangekommen, und die Bürgermeister sowie etliche angesehene Bürger begaben sich daher zur Steinporte, um notgedrungen nochmals mit dem Obersten zu verhandeln. Die Unterredung selbst ging unter dem Stadttor vor sich. Johann von

Westerholt überreichte dem Obristen ein Handschreiben des Domkapitels zur Einsicht, worin dem Rate der Stadt anbefohlen wurde, nichts gegen den landesherrlichen Befehl zu tun, und Stenwech fügte noch hinzu, dass man der Stadt nicht zumuten möge zu tun, was ihr verboten sei. »Nur wenn Ihr«; fuhr er mit erhöhter Stimme fort, »einen gegenteiligen Befehl vorzubringen habt, möget Ihr danach handeln.«

Engelbert Nie brauste auf: »Glaubt Ihr mich ohne Vollmacht? Mein Herr hat mich gewisslich mit seinem weißen Stabe abgefertigt; so Ihr aber daran zweifelt, will ich Euch das Dokument mit dem Schwerte auf den Leib schreiben und Eure Häuser als Fackeln leuchten lassen. Ich han nit länger Zeit noch Lust, mit Euch um Vollmachten zu streiten. Wenn Ihr Euch scheuet für Euer Tun einzustehen, ei, so rufet die Gemeinde zusammen. Ich glaube nit«, fügte er höhnisch lächelnd hinzu, »dass sie sich lange sträuben wird; gibt es doch genug Einsichtige in der Stadt, die meinem Herrn zu Diensten sein wollen.«

Die Bürgermeister schwiegen betreten, war ihnen doch nunmehr der Beweis geworden, dass der Oberst Verbindung mit einem Anhange in der Stadt haben musste.

Also ließen die Bürgermeister durch den Johann Koninngk in den Gassen die Trommel umschlagen und die Bürger auf den Markt entbieten. Viele kamen nur zögernd, und das schlechte Gewissen ließ sie die hinteren Reihen aufsuchen.

»Bürger unserer Stadt Recklinghausen«, begann Stenwech mit beschwörender Stimme, »erweiset Euch wert und würdig unserer Vorfahren, die in weit schlimmeren Nöten mannhaft stets gehandelt haben. Schmerzliches ist allbereits heut` nacht geschehen. Nichtswürdige haben durch Rufe den Feind ermutigt, zur Gewalt zu schreiten, und die Posten beschwatzt, ihre Pflicht zu verabsäumen. Tilget diesen Schimpf durch den Entschluss, der Gewalt nit zu weichen; denn Gefahr und Schande erwächst uns aus dem Öffnen der Tore. Wer solches verantworten will, der trete vor!«

Eine Weile blieb es ruhig; dann aber zwängten sich der Knippenburg und die Surlender durch die Reihen, und und ein Trupp übel beleumdeter und zerlumpter Gestalten folgte ihnen nach.

»Wir erheben Einspruch gegen solche Rede des Bürgermeisters«, rief der Kellner und nahm eine herausfordernde Haltung ein; »was faselt Ihr von Schimpf und Schande, wo die Notwendigkeit gebietet?«

»Öffnet Ihr die Tore nit«, schrillte die Stimme Surlenders über den Markt, »so tun wir es und retten uns vor Brand und Tod!«

Ein Tumult entstand; die Truchsessischen, die nach vorn durchstoßen wollten, mussten Spießruten laufen; es hagelte Hiebe und Stöße.

»schämt Ihr Euch nit, Eure verräterische Gesinnung so unverhohlen kundzutun?« fuhr Johann von Westerholt den vor ihm stehenden Surlender an.

»Haltet Euer Maul, sonst fährt Euch ein Eisen zwischen die Rippen!« brüllten seine Söne und zogen ihre Degen. »Wir lassen uns nicht beleidigen von Pfaffen und Pfaffenknechten!«

Inzwischen hatte sich die Ratswache zwischen die Bürgermeister und die Aufsässigen geschoben, die vor den gesenkten Spießen einen Teil ihres Mutes einbüßten und wie zu einem Häuflein Sünder zusammentraten. Der Richter Averdunk nützte die Abebbung des Tumultes, um sich nochmals an die erregten Bürger zu wenden.

»Freunde«, rief er »lasst Euch durch Feiglinge nit von Eurer Standhaftigkeit abbringen! Wir müssen dem Domkapitel gehorchen! Das aber bedeutet Widerstand mit Waffengewalt. Noch stehen Mauern und Türme und davor nit mehr als zwo Hundertschaften Fußvolkes, ohne grob Geschütz und Sturmgerät. Wer fürchtet da das Ärgste? Und gilt es den Tod, je nun, wir sind nur einmal geboren und brauchen nur einmal zu sterben!«

»So ist es!« stimmten ihm die vordersten Reihen der Bürger zu, unter denen die meisten Angehörigen der Zünfte standen.

Knippenburg, der den Umschwung der Meinung auch bei den noch Schweigenden befürchtete, begehrte zu reden: »Mitbürger«, wandte er sich an die Menge, »bedenket, dass Engelbert Nie sich leichtlich durch Zuzug verstärken kann; dann wird auch dem Mutigsten der Kamm abschwellen. Sehet, diese Armen, sie haben kein Gut zu verlieren wie Ihr, aber sie haben noch Weiber und Kinder; wir können es ihnen nicht verdenken, dass sie ihr Letztes zu retten hoffen. Also schlage ich vor, dass wir dem Obersten eine reichliche Verehrung anbieten, und so er diese ausschlägt, weil auch er durch Befehl gebunden ist, ihn wissen zu lassen, dass wir bereit sind, ihn mit einigen Bewaffneten aufzunehmen, unter dem Vorbeding der alleinigen Bewilligung von Schlafstellen, Wasser, Feuer und Salz für die Soldaten; wogegen er versprechen soll, die Stadt mit weiterem Kriegsvolk zu verschonen, die Religion nit zu beeinträchtigen sowie die Bürger bei ihren Schlüsseln und allen ihren Rechten, Freiheiten, Statuten und Gerechtigkeiten zu belassen.«

Aus dem Haufen wurden viele zustimmende Zurufe laut. Vergebens warnte Stenwech: »Wenn auch Engelbert Nie solcherlei Bedingungen zuvörderst schluckt, so wir er sie Euch doch bei erster Gelegenheit vor die Füße speien.«

Die Zurufe wurden drohender: »Wir lassen uns durch die Unvernunft nit hinmorden!« Und »Brennt doch den Wahnwitzigen eins aufs Fell!«

Als die Bürgermeister, um dem Hin und Her ei Ende zu machen, schließlich zur Abstimmung schritten, behielt der Haufen der Gesinnungslosen die Oberhand und zog johlend ab.

Schweren Herzens mussten die Stadtväter wiederum den Gang zur Steinporte antreten, nachdem sie vorher den Abteilungen vor den Toren je 6 Quart Weines und dazu für zehn Gulden an Bier und Käse hatten zukommen lassen.

Obwohl der Knippenburg gegen die Bürgermeister arbeitete, indem er die Stärke des truchsessischen Haufens herausstrich, gelobte sein Führer doch endlich nach langwierigem Handel und durch Handschlag an Eides Statt, die Rechte der Stadt anzuerkennen, das Eigentum der Einwohner zu schonen und die Besatzung nicht zu vergrößern. So ward der Einzug auf ein Uhr mittags angesetzt.

Er geschah durch die Steinporte. An der Spitze von 60 Knechten zu Fuß ritten Oberst Nie, sein Fähnrich und ein Rittmeister in die Stadt ein. Den Bürgern, die sich in die Haustürnischen drückten, und von denen einige sich nicht entblödeten, ihrer mit Furcht gemischten Freude durch Heilrufe Ausdruck zu verleihen, fiel allenthalben auf, mit welch abweisendem Blick der Oberst sie musterte. Ohne die Ratsherren, die am Markte Aufstellung genommen hatten, auch nur eines Grußes zu würdigen, ritt Engelbert nach dem Hause des Westerholters, fertigte dort mit den Hauptleuten die Quartierzettel aus und bestimmte für sich selbst das Anwesen des Bürgers Mollmann. Die verächtliche Miene Engelberts gab zu denken; am bedenklichsten stimmte sie den Richter Averdunk und seinen Schreiber.

Beide benutzten die Fesselung der Aufmerksamkeit durch den Einzug, schlüpften neben der Lohporte durch ein Mauerpförtchen und entkamen über die Lippe ins Münsterland.

In den nächsten Tagen glich das Quartier des Obristen einem Taubenschlag. Es war ein ständiges Kommen und Gehen von Meldegängern der in Herten und Horneburg liegenden Besatzungen, von Kundschaftern, die über die Bewegungen der kölnischen Hilfsvölker berichteten; aber auch von Bürgern, die sich über die anmaßenden Forderungen ihrer Einquartierung beklagten und leider auch solchen, die durch Zuträgerei und Anschwärzen von Nachbarn versuchten, eigenes Unheil von sich abzuwenden. Am häufigsten gingen der Kellner, die Surlender und Ernst Hessehaus, der Sohn des vorherigen Kellners von Horneburg, dort ein und aus. Ihr Benehmen und das Verhalten der Soldaten wurden immer herausfordernder, woran zu ersehen war, dass sich etwas vorbereitete. Die Bürger sollten nicht lange im unklaren bleiben. In der Folge kamen nicht nur Boten, sondern ganze Trüpplein von Bewaffneten und Reutern und als das Kriegervolk der wehrhaften Bürgerschaft die Waage hielt, erschien Engelberts Fähnrich bei dem Rate, um die Schlüssel der Tore zu heischen, weil die Bewachung der Stadt hinfüro durch die Besatzung übernommen werden sollte.

Damit war Recklinghausen in die Hand Gebhards gegeben.

Vor das Haus des Richters Averdunk an der Marktecke zog ein Trupp halbtrunkener Soldaten; ihm nach ein lauter Schwarm von Bürgern, die in das kalvinische Lager abgeschwenkt waren.

»Der Richter ist über die Wälle gegangen, weil er gefürchtet hat, dass wir ihm itzt den Prozess machen!« schrie ein zerlumpter Kerl und machte sich an den Rottmeister. »Klopfet dreist an mit den Kolben; es ist niemen drinnen, bloß ein schön Freigut!« Und schon krachte eine Axt gegen einen der Holzläden des Erdgeschosses. Durch die gewaltsam geschaffene Öffnung zwängte sich ein halbwüchsiger barfüßiger Bursche, in Gedankenschnelle wurden die übrigen Fensterläden aufgestoßen und die Hintertür geöffnet. Wie eine Schlammwelle ergoss sich der Haufen der Soldaten und Bürger in das Innere des Hauses, das nach kurzer Zeit das Gesindel wieder ausspie, Menschen, hoch bepackt mit Wäsche, Betten und Hausgerät. Neuer Zustrom von Beutelustigen ging leer aus. Diese empfingen die Soldaten, die nur nach Geld und Geldeswert gesucht hatten, mit aufreizendem Geschrei: »Der Richter war noch nit der Schlimmste, sein Schreiber hat uns weit mehr gezwickt!«

Der Wallmeister

Von Clemens Wilhelm Winter

In einer schwarzen, kalten Dezembernacht ging ein Bauer aus der Stadt nach seinem einsam gelegenen Hofe zurück. Schneidend pfiff der Nordost über das kahle Feld…, der Schnee knirschte unter jedem Schritt in zornigem Stöhnen. Kein Stern am Himmel, dessen Wolken bis tief auf die erstarrte Erde niederhingen…, nur hin und wieder warf der Mond durch einen Wolkenriss ein fahles Licht, das die unheimliche Öde und unheilschwangere Einsamkeit des Landes doppelt schaurig erscheinen ließ. Gespensterhaft löste sich hier und da ein kahler Baum, ein schneenasser, dürrer Strauch aus dem Dunkel wie ein Spuk…, unwirkliche Stimmen gingen wie ein drohendes Raunen durch die Leere….

Der Bauer beschleunigte unwillkürlich die Schritte, da das mühsame Stampfen durch den Schnee müde machte. Schneller klopfte ihm das Herz unter dem dicken Wams, und feucht standen die Schweißtropfen auf seiner breiten Stirn. Gottlob, bald musste der Hohlweg kommen, und dann war es nur noch eine halbe Wegstunde bis zum schirmenden Dach des angestammten Hofes, wo gewiss schon Frau und Kinder seiner schon sehnsüchtig harrten. Vielleicht wäre es doch besser gewesen, dem Rate der Freunde zu folgen und über nacht in der Stadt zu bleiben..., aber er hatte auf dem Markt ein so gutes Geschäft gemacht, dass ihn die Freude zu den Seinen trieb....

Wie ein tiefes schwarzes Loch gähnte der Hohlweg vor dem einsamen Wanderer auf. Tief versank der Fuß in dem haufenweise angewehten Schnee, gierig rüttelte und zauste der Sturm an den kahlen Ästen der den Weg umsäumenden Bäume. Dem Bauer war, als fasse ihn eine riesige, harte Faust in den Nacken und stieße ihn unbarmherzig vorwärts, wenn auch der Fuß und das wild klopfende Herz den Dienst verweigern wollten. Nur vorwärts – vorwärts!

Auch der Hohlweg hatte ein Ende. Tief aufatmend hielt der Bauer rastend an auf freiem Felde..., das Schlimmste war überstanden. Nur noch eine halbe Stunde... da – jäh fuhr der Mann herum; ein markdurchschneidendes Geheul ließ ihm das Blut in den Adern erstarren... näher und näher kam es heran. Am Himmel barst eine Wolke..., im fahlen Mondlicht sah der Mann mit schreckhaft geweiteten Augen ein riesiges Tier von weither wie im Fluge auf sich zustürmen. Das Herz klopfte ihm bis zum Halse... Ein Wolf! – fuhr es ihm durch den Sinn. Da half nur schleunige Flucht. Und der Bauer lief... lief mit der Kraft und dem Willen der Verzweiflung um sein Leben. Er stolperte... stürzte, riss sich empor, warf im Laufen Hut und Mantel fort. Vergebens... immer näher klang das hungrige Heulen..., immer müder, unsicherer wurde des Mannes Schritt... immer häufiger sein Stürzen..., immer schwerer das keuchende Sichaufraffen. Weit vorgequollen ob der ungeheuren Anstrengung brannten die Augen in die Finsternis..., wo blieb der Hof..., wo war Rettung?

Hilf – Himmel! Mein Gott – so helfe! Wie der Bauer betete, war wohl noch selten gebetet worden. Und er ward erhört. Als er schon – irr vor Angst und Grauen – das heisere Gieren des unheimlichen Verfolgers hinter sich hörte und die kalte Hand des Todes nach dem wild klopfenden Herzen greifen fühlte, tauchte ein schwankendes Licht vor ihm auf. Mit einem Hilfeschrei, der aus dem Unirdischen zu kommen schien, stürzte er in letzter Kraftanstrengung darauf zu… und brach zusammen. Wie in einem bösen Traum sah er noch einen riesigen schwarzen Hund mit glühenden Augen und roten Lefzen an sich vorbeijagen…

Wochenlang schwebte der Bauer in hitzigem Fieber zwischen Leben und Tod… bis er endlich gesundete. In der Stadt aber erzählte man sich in allen Wirtshäusern und am lodernden Kaminfeuer heimlich schaudernd die fast vergessene Geschichte von dem Wallmeister Peter Bugner, den vor kaum einem Jahrzehnt der Fluch des Henrichen Togemann dazu verurteilt hatte, in der Gestalt eines wilden Hundes so lange unstet umherzuirren, bis ihn die Frage eines mutigen Mannes nach dem Grund seines Leidens von dem Fluche erlösen und seiner armen Seele Ruhe und Frieden geben würde.

Und diese Geschichte war so:

In der alten Feste Recklinghausen war Peter Bugner Wallmeister. Das Leben hatte ihm hart mitgespielt…, die Eltern waren ihm ganz unbekannt geblieben… Liebe hatte er von keiner Seite empfangen. Von fremden Leuten aus sogenannter Gnade und Barmherzigkeit großgezogen und dabei nach Kräften ausgenutzt… überall zurückgesetzt, oft verlacht und verhöhnt, wenn er sich einem Menschen nähern wollte, hatte sich mit den Jahren ein blinder Hass gegen alles Menschentum vergiftend tief in seine Seele gefressen. Jeder Mensch war ihm ein Feind geworden…, hinter jedem guten Wort vermeinte sein Misstrauen eine böse Absicht zu sehen. So war Peter Bugner sein Leben lang ohne Freund geblieben und selbst im anderen Geschlecht sah er nur das Weib, geboren zur skrupellosen Befriedigung seiner ungezügelten Sinneslust.

Da war es kein Wunder, wenn ihm die Menschen aus dem Wege gingen und seine Nähe mieden wie die eines Unreinen. Und seine Wallarbeiter zitterten vor ihm - , er war ihnen ein harter grausamer Herr. Es war mit ihm wie mit allen Getretenen und Verachteten -, gibt ihnen das Schicksal eine noch so geringe Machtfülle in die Hand, dann lassen sie es die Untergebenen ohne Hemmung, ohne menschliche Rücksichten fühlen…, ohne zu wissen, dass sie sich damit selbst in dicken Quadern ein Gefängnis auftürmen, an dessen Enge und Stärke sie schließlich selbst zerbrechen müssen.

Der älteste unter den Wallarbeitern war Henrichen Togemann – ein stiller, sinnierender Mann. Er tat niemand ein Leides. Seine ganze Liebe und Sorge gehörte seinem einzigen Kinde Margarethe, das er behütete wie seinen Augapfel. Und das war nötig…, die Margarethe war ein hübsches Frauenzimmer, und die unruhigen Zeiten brachten allerlei Volk in die Stadt, das gar begehrliche Blicke auf das liebliche Mädchen warf, wenn es so sittsam und sauber durch die Straßen schritt oder dem Vater das Essen zur Arbeitsstätte brachte.

Auch der Wallmeister sah Margarethe oft mit Blicken an, vor denen das Mädchen im Innersten erschrak. Diese schwarzen, glühenden Augen redeten eine begehrliche, leidenschaftliche Sprache…, und sie waren so dreist, so hemmungslos. Margarethe vermied nach Möglichkeit, dem Wallmeister zu begegnen – aber das war schwer in der kleinen Stadt. Und so kam, was zwangsläufig kommen musste…, Peter Bugner begehrte sie eines Abends in harter, herrischer Forderung.

Zitternd und angstvoll stand die Arme vor dem hochgewachsenen, breitschultrigen Mann, der ihren Arm mit schmerzhaftem Griff umfasst hielt. Er musste ihr aufgelauert haben, als sie noch spät einen notwendigen Gang zum Krämer machte…, wie eine Mensch gewordene, unerbittliche Drohung hatte er bei ihrer Rückkehr in der Tür des väterlichen Hauses gestanden. Die Angst saß ihr wie ein Stein im Halse… kein Wort hatte Margarethe dem Unverschämten erwidern können. Peter Bugner nahm in stiller Verwunderung das Schweigen für einen Sieg - , so leicht hatte er ihn sich nicht träumen lassen. Als er aber mit rohem Zupacken und hässlichem Lachen das Mädchen fasste und in den Hausflur ziehen wollte, da kam es wie mit Allgewalt über Margarethe…, mit all ihrer schwachen Kraft stieß sie dem Mann zurück und schlug ihm die geballte kleine Faust ins Gesicht, dass das rote, warme Blut aus Mund und Nase spritzte. Und ehe Peter Bugner zur Besinnung kam, war sie an ihm vorbeigehuscht… misstönig knarrte der Schlüssel im Schloss… und allein stand der Mann auf der stillen Straße.

Der aber erhob drohend die Faust gegen das kleine Haus und schwor blutige Rache für den angetanen Schimpf…

Als am anderen Tage Henrichen Togemann dem Wallmeister Kundtat, dass er mit dem Ende der Woche seine Arbeit aufgeben wolle, sagte Peter Bugner nichts. Nur in seinen hasserfüllten Augen glomm ein so hässliches, tückisches Licht, dass Henrichen Unheil schwante. Mit verdoppeltem Eifer tat er seine Arbeit…, aber nichts konnte er machen. Unflätige Schimpfworte und harte Schmähreden prasselten wie ein Gewitter auf den Armen herab…, geduckt und scheu schlichen die Arbeitskameraden umher…, jeden Augenblick konnte die Katastrophe kommen. –

Und sie kam…! Der alte Henrichen – schon weit über die Sechzig - schob eben eine schwere Karre voll Erde zum Wallgraben. Die schwachen Arme zitterten unter der Last…, dick standen die Adern auf Stirn und Nacken ob der übergroßen Anstrengung. Es ging einfach nicht…, er musste einmal absetzen und verschnaufen. Nur einen Augenblick…, nur einmal die enge Brust dehnen…, die müden, knochigen Arme recken. Und da geschah das Furchtbare…! Wie der leibhaftige Satan war der Wallmeister herbeigesprungen…, hoch schwang der sehnige, muskulöse Arm die Peitsche und klatschend sauste sie auf den stöhnenden Alten nieder, bis er zu Boden sank…, blutüberdeckt…, mit brechenden Augen…

»Du fauler Lump, du verwünschter Hund«, brüllte Peter Bugner mit heiserer Stimme, durch die befriedigte Rachsucht klang… Aber das Wort erstarb ihm auf der Zunge - mit letzter Kraftanstrengung hatte Henrich Togemann sich an den Brettern seiner Karre aufgerichtet…erstarrt standen die Arbeiter…, Furcht und Grauen erfasste sie vor dem unwirklichen, geisterhaften Blick des Alten. Und dem Wallmeister entfiel die marternde Peitsche aus der kraftlos werdenden Hand…, wie ein Riese wuchs der Misshandelte vor seinen Augen auf…, und dröhnend klangen die Worte Henrichens in seine Ohren: »Verflucht seist du auf ewig, du Mörder…, selbst sollst du zum Hunde werden, der einsam und ruhelos umherirrt… verflucht sei in Ewigkeit !«

Dann war Henrichen tot zusammengesunken. Der Fluch aber hatte sich erfüllt…, schon einige Tage später fand man den Wallmeister erhängt in seiner Stube. Er war vor seinem Gewissen in den Tod geflohen…, aber nur, um in der Gestalt eines wilden Hundes ruhelos, von unsichtbaren, peinigenden Mächten vorwärtsgetrieben, im Lande umherzuirren… unstet…, ohne Rast…, ohne Frieden…bis in die unendliche Ewigkeit…

(Diese wahrhaft dramatische Geschichte war im Vestischen Kalender 1950 enthalten.)

Ein Verschönerungsverein Anno 1874

Humoreske
von
Kurt Gärtner

Der »Verschönerungsverein Altstadt« hat einen weit äl-
teren Vorläufer gehabt; denn schon 1874 wurde in einer
Versammlung der »Recklinghäuser Vogelsschutzvereini-
gung« beschlossen, sich zu einem »Verschönerungsverein«
zu mausern, der es übernehmen sollte, den etwas schläf-
rigen Stadtvätern die Notwendigkeit der Verbesserung
des städtischen Äußeren klar zu machen. Eine fromme
»Legende« aus dem Jahre 1830 will sogar wissen, dass es
schon damals Verschönerungsfanatiker gab.

Dr. med. Anton Funcke war nach einem ergiebigen Nacht-
schoppen im »Römischen Hof« eben in seine Behausung
am Markt zurückgekehrt und stand im Begriff, sein Bett-
gehäuse möglichst geräuschlos zu besteigen, als der von
der Straße aus zu bedienende Klingelzug ohne Rücksicht
auf die mitternächtliche Stunde heftig in Bewegung ge-
setzt wurde. Dies war aus zwei Gründen ärgerlich; einmal,

weil es eine Nachtvisite befürchten ließ, das andere mal, weil dadurch die Gattin alarmiert wurde, die an dem unberührten Bett die verspätete Heimkehr ihres Antönken feststellen konnte. Um die Aussprache darüber zu verschieben, öffnete der Sünder das Flurfenster und fragte nach dem Grunde des Schellens.

»Die Gnädige hat Migräne«, sagte eine weibliche Stimme unten vor der Tür, »und Sie sollen gleich kommen.«

»Was für eine Gnädige?« Es klang sehr ungnädig.

»Die Frau von Steldern.«

Krachend flog das Fenster zu, sodass die Steldernsche Perle nun nicht wusste, ob sie warten oder weglaufen sollte. – Seufzend machte sich Funcke für den Besuch fertig und stakste zu der Wohnung des Richters von Steldern hinüber. Die Leidende empfing ihn in übelster Laune und als ihr der Hausarzt zu Migränin riet, lehnte sie höhnisch ab.

»Lieber Herr Doktor, wenn mir ihr Mittelchen helfen könnte, hätte ich es auch ohne Ihre Assistenz bereits genommen; bei mir handelt es sich aber um eine partielle Lähmung des Nervengeflechts.«

»Dann, Gnädigste, ist ein Aufenthaltswechsel am ratsamsten. Sie brauchen ländliche Ruhe.«

»Meinen Sie nicht, dass ich die hier bereits in hinreichendem Maße genieße? Ländlicher als in Recklinghausen, wo die Schweine auf der Straße herumlaufen, kann es doch anderswo nicht zugehen!«

Funcke, der sein liebes altes Heimatstädtchen schwärmerisch verehrte, ergrimmte über diese Diffamierung, und da er die Stelderns als zugezogenes Volk nur höchst gering einschätzte, sagte er mit merklicher Kühle: »So empfehle ich Ihnen den Aufenthalt in einem größeren Badeort«, sprach`s, verbeugte sich und ging.

»Dumme Schrute«, brummte er vor sich hin, als er sein Haus ansteuerte; das heißt, so ganz unrecht hatte sie nicht; es musste tatsächlich etwas getan werden, um Recklinghausen, der verflossenen Residenz des Herzogs von Arenberg, wenigstens nachträglich noch einen gewissen Glanz zu verleihen !

Dieser Gedanke verließ ihn auch nicht während er sich als mindere Hälfte neben der inzwischen wieder eingeschlafenen besseren ausstreckte. Was aber war zu tun? Er allein konnte den Wandel doch unmöglich bewerkstelligen; er musste versuchen, den Willen zur Verschönerung der Stadt in ihren 3300 Bürgern wachzurufen und den Magistrat für das Vorhaben zu gewinnen! Wie geschah das am zuverlässigsten? Er dachte angestrengt nach und plötzlich hatte er es; durch einen Verein! Als sich unser Medicus bis zu dieser Erkenntnis durchgerungen hatte und sich zum versäumten Schlaf auf die andere Seite drehte, zerriss ein gellender Hahnenschrei die frühmorgendliche Stille des Marktplatzes.

»Sapristi!« Anton Funcke wusste, dass dieser brutale Schrei nur von dem Sockel des Walterschen Anwesens kommen konnte; er wusste weiterhin, dass der Weckruf alsbald von dem Kickericki des Duffhausenschen Misthaufens aufgenommen werden würde, und er wusste endlich, dass binnen weniger Augenblicke die restlichen Hähne der übrigen Markthäuser im Chore einfallen würden. Also blieb ihm nichts anderes übrig, als sich das dicke Federbett bis über die Ohren heraufzuziehen; er schwor sich dabei, gleich in der ersten Sitzung seines Verschönerungsvereins das Morgenkonzert der männlichen Mistkratzer zur Sprache zu bringen und als grobe Ruhestörung zu bezeichnen. In dem unruhigen Schlummer, der ihn schließlich doch übermannte, quälte ihn der Traum, dass er als Amokläufer durch die engen Gassen der Stadt raste und sämtlichen Krähern mit einem Beil den Kopf abschlug. Erst das Horn des Gemeindekuhhirten Henrich Hamm, der um 5 Uhr mit lang gedehntem Tuuut – tuuut die krumm gehörnten Buttertiere aus den Ställen abberief, um sie auf die Hude im Vorderbruch zu führen, brachte dem erwachten Schläfer zum Bewusstsein, dass er nicht zum Massenmörder geworden war.

Während der Sprechstundenzeit, die dank der robusten Gesundheit der Bevölkerung völlig ungestört verlief, hatte Doktor Funcke hinreichend Zeit, über das ins Auge gefasste Projekt nachzudenken. Er machte eifrig Notizen und beschloss, den ersten Angriff auf den behäbigen Beharrungswillen der Paohlbürger noch am selben Morgen, gelegentlich des Frühschoppens beim Wirt Sauerlender, zu unternehmen.

Nachdem er wegen eines missbilligenden Seitenblicks der nach ihrer Gardinenpredigt stumm gewordenen Gattin auf seine buntgestrickten Hausschuhe, diese mit Knobelbechern ausgewechselt hatte, deren Schäfte den Hosenröhren die pralle Rundung vorschrieben, zündete er die lange Pfeife an und verließ die schweigsame Häuslichkeit. Auf dem Marktplatze musste er sich durch einen Schwarm von Mägden drängen; sie belagerten die vor der Wirtschaft von Josef Albers gelegene Nachbarschaftspumpe und benutzten die Wartezeit zu einer ausgiebigen Quaterie. Als Funcke bei Saurlenders eintrat, empfing ihn der bereits dicht umlagerte Stammtisch mit vielseitigem Hallo.

»Wo bleiben Sie nur, Doktorchen?«, fragte ihn Postmeister Wesener und der Apotheker Valentin Rhodius warf anzüglich ein: »Groß kann das Gedrängele Ihrer Patienten doch nicht gewesen sein, denn ich habe kein einziges Rezept von Ihnen in die Finger bekommen.«

Der also Bewitzelte hielt mit seinem Plane zunächst noch zurück; er kannte seine Leute dahin, dass man ihnen nicht mit fertigen Vorschlägen für Neuerungen kommen durfte. »Lüe, haolt fast an`t Aolle!« war ehernes Gesetz in der Runde; der Gedanke einer Vereinsgründung musste gewissermaßen in ihr selbst geboren werden, sollte er jemals vor ihren Augen Gnade finden. Er wartete deshalb eine Gesprächspause ab, ehe er wie beiläufig zu seinem Nebenmanne, dem Buchbinder Anton Wegerhoff sagte: »Die Marktnachbarschaft könnte eigentlich ihre Pumpe mal schmieren lassen; sie quietscht und stöhnt, als läge sie in den letzten Zügen.«

»Laot`se men quietschen; solang`se noch tüht, geiht et noch«, meinte der Ökonom Anton Walter gemütlich und stieß eine gewaltige Tabakswolke über des ganze Oval des Stammtisches.

Funcke sah ihn von der Seite an und meinte bissig: »S i e sind ja wohl schon zufrieden, wenn nur Ihre Pfeife zieht?!«

Um es nicht zu weiteren Reibereien kommen zu lassen, vermittelte der Aktuar Theo Unger: »Sagen Sie nix über die Stadtpumpe; sie gibt das beste Wasser der Stadt und…«

»Und deshalb«,schnitt ihm Funcke das Wort ab, »Sollte man diesem Wasser die Möglichkeit schaffen, nicht aus einer kreischenden Pumpe, sondern in einer anständigen Umgebung an`s Licht der Welt zu gelangen.«

»Nanu«, krähte der Referendar Vincent Wesener. »Sie wollen doch nicht etwa bei der alten Dame Geburtshelfer spielen?«

Der grauhaarige Doktor musterte den Frechdachs geringschätzig, als er entgegnete: »Jede Stadt, die etwas auf sich hält, hat auf ihrem Marktplatze statt einer wackeligen Pumpe einen Zierbrunnen, aus dem die Mägde das Wasser mit den Eimern gleich schöpfen können, sodass alles Warten und Quatern wegfällt.«

»Et sall mi wünnern, ob de Fraulüe drüm eh`r noa Huse kömmt!« grunzte Anton Walter und erntete große Heiterkeit.

Nur der Buchdrucker Josef Bauer, der bei Walter zur Miete wohnte, erkundigte sich interessiert: »Wie stellen Sie sich denn die Ausführung des Brunnens vor?« und schlug mit dieser sachlichen Frage das Gelächter nieder.

»In Gestalt eines großen, steinernen Beckens, das unter Hinweis auf den ländlichen Charakter unseres Städtchens am Sockel Reliefs einer wandernden Rinderherde aufweisen könnte«, erklärte Funcke.

»Nee, nee«, schüttelte der Kornhändler Melchior Schröder den Kopf. »Dat is wat för Kaubuers (Kuhbauern), men nich för usse Stadt«, und fand damit allseitige Zustimmung.

Daraus erkannte der Neuerungsapostel, dass seine erste Anzapfung fehlgeschlagen war; um sich damit abzufinden, erklärte er scheinbar überzeugt: »Ein monumentaler Brunnen würde sich freilich auch merkwürdig genug auf unserem Marktplatz ausnehmen, an dem bei Duffhaus und bei Walter noch zwei große Misthaufen liegen.«

Mit dieser Stichelei hatte er aber bei Anton Walter in ein Wespennest gestochen; denn der Ökonom fauchte ihn an: »Soll ich den Mist etwa als Teppich in unserer guten Stube ausbreiten?!«

»Nein«, erwiderte Funcke eilig, »nur durch eine mannshohe Mauer den Blicken der Marktbesucher entziehen.«

»Die Recklinghäuser sind an meinen Mist gewöhnt, Herr Doktor; und die Marktbesucher können mir den Buckel runterrutschen.«

»Unsere lieben Mitbürger rutschen schon genug, nämlich auf den Kuhfladen aus, die vom Viehtor an, die Breite Straße herauf, von den Kühen allabendlich fallen gelassen werden und dort liegen bleiben, bis sie von den Spatzen aufgefrühstückt worden sind.«

»Liegt darin nicht ein gewisser Vorteil?« , mahnte der Gemeindeempfänger Anton Werne sanft. »Mir sind die Spatzen vor der Haustür lieber, als in meinem Kirschengarten.«

»Aber man könnte das Ärgernis doch leicht verhindern« ,witzelte der Assessor Wesener wieder. »Wenn der Gemeindehirt Hamm mit einer leichten Karre innerhalb der Wälle sofort hinter jedem erhobenen Ochsenschwanz herfahren würde.«

»Genug der Scherze«, mischte sich Advokat Karl Boelmann ein. »Solange wir keine Kanalisation und keine Wasserleitung haben, wird die Jauche aus den Hausställen eben weiter in den Rinnsteinen ablaufen oder zwischen dem Katzenkopfpflaster Lachen bilden; und leider wird der Regen auch fürderhin den Straßenfeger spielen müssen; ehe wir das Nötigste nicht schaffen, ist es zwecklos, an das Schöne zu denken, so verdrießlich dies ist.«

Vor allem wegen des Nachsatzes, warf Funcke dem verständigen Advokaten einen dankbaren Blick zu.

»Trotzdem oder eben gerade deshalb, weil es ärgerlich ist, sollten wir einen Verschönerungsverein bilden«, schlug zwischen vielen Bücklingen der gewandte Wirt Saurlender vor.

Dr. Funcke schaute verblüfft über die unerwartete Hilfe zu ihm auf und rief dann begeistert: »Ein glänzender Einfall; lassen Sie sich umarmen Herr Gastronom; jetzt gilt es nur noch Nägel mit Köppen zu machen und die Gründung gleich zu vollziehen.«

»Und wenn ich mir da einen weiteren Vorschlag erlauben dürfte«, fuhr Saurlender geschmeichelt fort, »so sollten sich die Herren auf einen bescheidenen Jahresbeitrag von etwa einem Taler preußisch Courant einigen und…«

»Selbstverständlich«, fiel ihm Funcke in die Rede, »selbstverständlich; damit ließe sich schon etwas anfangen.«

»Ja«, sagte der Wirt eifrig, »ich könnte dem Verein dafür am jährlichen Stiftungsfest einen deftigen Pfefferpothast mit Essiggurkenbeilage und ein knuspriges Wurstebrot als Nachtisch liefern.«

Dr. Funcke fuhr von seinem Sitz hoch: »Und was soll dann noch für die Verschönerung der Stadt abfallen?«

»Der Stadt?« , fragte Saurlender verwundert. »Wir hörten doch eben von Herrn Advokat Boelmann, dass sie sich nicht verschönern lässt, wohl aber das gesellige Leben, möchte ich glauben.«

»Jawohl, in Ihrer Kneipe!« , keuchte Funcke, kirschrot vor Wut. »Und so etwas wagen Sie Verschönerungsverein zu nennen? Sie, Sie…« Er fand vor Erregung keinen Ausdruck, der für Saurlender vernichtend genug war.

Die Stammtischrunde schien zunächst auch einigermaßen verdutzt über die gastronomische Auslegung der Aufgaben des zu gründenden Vereins; aber die in Aussicht gestellten leiblichen Genüsse und die Gegebenheit, den zahlreichen Recklinghäuser Festen ein neues hinzufügen zu können, begeisterte sie schließlich derart, dass ein »Verein zur Verschönerung der Gemütlichkeit« beschlossen wurde. Innerhalb der daraus erwachsenden Fröhlichkeit erregte es deshalb allgemeines Befremden, als Dr. Funcke, der in Würdigung seiner Verdienste um das Zustandekommen des neuen Vereins zum Vorsitzenden vorgeschlagen wurde, brüsk ablehnte und mit den

Worten: »Ihr könnt`s mich alle miteinander…« die Grün-
dungsstätte verließ.

(Vestischer Kalender 1952)